JN214819

さくら日記

ワンダフルライフをめざして

池園さくら 著
Ikezono Sakura

『さくら日記　ワンダフルライフをめざして』◉目次

夫が特別養護老人ホームに入所して一年ほど経った頃からブログを書き始めました。それまでは、そんな心の余裕などまったくない生活でした。

夫は若年性認知症という病に侵され、その病との闘いは想像を絶する過酷なもので、「素晴らしい人生」にはほど遠いものでした。けれど、若年性認知症になった夫の人生が、そして認知症になった夫の妻としての私の人生を不幸だったという感情のままで終わらせたくない。そう強く思い、本書を『さくら日記　ワンダフルライフをめざして』と名付けました。

今もたどりつけていないワンダフルライフだけれど、生ある限り追求し続けていきたい――、その強い決意で綴り始めた私たち夫婦の歩みの記録です。この記録を夫の介護が終わったら本にしようと考えていましたが、夫が生きているうちにと背中を押してくれた人たちがいました。そして、多くの縁に恵まれてこの本の出版が実現しました。


（「呆(ぼ)け」という症状の呼称が「認知症」に変わったのは二〇〇四年一二月ですが、本書では全て「認知症」に統一しました。）

喜び……結婚から発病まで

一九七五年三月一六日、夫二十八歳、私二十二歳の時に、私たちは結婚しました。

この結婚について、今となっては笑い話となった衝撃的な出来事がありました。

結婚式の衣装、引き出物等々も全て滞りなく準備は進み、出席していただく方々への招待状も発送が終わっていた結婚式一カ月前に、私は夫に「結婚をとりやめたい」と伝えました。

周りの友人はまだ誰も結婚しておらず、結婚生活へのイメージが湧かなかったことと、社会人としてやっと仕事も軌道に乗り、少しやり甲斐を見つけつつあったところで、職場環境も楽しく華の独身生活を謳歌していました。そんな大人としてやっと歩み始めたばかりの私が、夫とともに家庭生活をきちんと築いていけるだろうか……、地域に溶け込んで家庭を守っていく主婦になれるだろうか……、子どもを産み、母になり、立派に育てていけるだろうか……。今まで親の庇護下で何の苦労もせず生活してきたまだまだ未熟な私が、本当に結婚して良いのだろうか。

そんなことを考えるようになり、不安が日ましに強くなっていきました。いわゆるマリッジブルーというものでしょう。

今ならまだ間に合うのではないか。周りに多大な迷惑を掛けることは十分わかっていましたけれど、結婚は一生の問題だから、今自分自身の気持ちに正直にならないと後悔するかも知れないと。若気の至りと言ってしまえば、あまりにも迷惑な話で軽い感じですが、これからの五十年、六十年の人生がこの結婚で決まるのだから私は真剣でした。

夫は私の話にしっかり耳を傾け、そして「気持ちは変わらないんだよね」「それじゃ仕方ないね」と言って承諾してくれました。

しかし、当然のことですが話はそんなに簡単ではなく、親兄姉、仲人その他大勢を巻き込み大騒ぎに。私も決して簡単に考えていたわけではなく、考えに考えて悩んだあげくに出した答えでしたが、夫以外の誰にも私の申し入れを聞き入れてもらえることはありませんでした。

夫以外の……そう、夫はそんな時もどこまでもやさしい人でした。私の意向を受け入れ、家に帰り家族に伝えてくれました。どうしてそんなことを簡単に聞き入れてくるのだ、と家族全員からさんざん叱られたと言っていました。夫にとっては、とんだ災難な話です。

夫が嫌になったわけではない私の結婚ボイコット案なので、結婚式までの一カ月間、周囲に説得され、夫ともたくさん話し合い、そんな嵐のような期間を「乗り越えて」、私たちは新米夫婦としてスタートラインに立つことができました。

そして翌年、夫が待ち望んだ長男が、その二年後には長女が生まれました。長男が生まれた時、病院の看護師さんに「ご主人に男の子さんですよとお話ししたら本当にうれしそうで……。あんなにうれしそうな顔をされるご主人も珍しい！　良かったですね。おめでとうございます」と言われました。

陣痛が始まり病院へ向かう車の中でのこと。夫が初めて、「男の子でも女の子でもどちらでも良いから頑張って！」と言ったその言葉に、私は痛いお腹を抱え吹き出しました。男の子を待ち望んでいた夫は、ずっと私に「男の子が生まれたらいいなあ〜。男の子がいいな〜」と暗示をかけるように言い続けていたのに。その夫が、今まさに自分の血を受け継いだ新しい命を産み出そうと苦しんでいる妻に、「男の子がいい」とはさすがに言えなかったのでしょう。なかなか妊娠できなかったので、夫には結婚以来最高のプレゼントができたわけです。

男の子の名前は夫が、女の子の名前は私が決めることになっていたので、夫は何カ月もひたすら男の子の名前を考え抜き、生まれたての息子の顔を見て名前を決め、市役所にいそいそと出生届を出しに行きました。

その二年後、今度は私が望んでいた女の子を授かることができ、たくさんの思いを込めて考えた名前を付けました。我が子にかける親の思い、その愛ははかり知れないほど深いものだと、我が子を持って初めて知ることができました。

夫はまさに団塊世代の企業戦士。某大手企業に勤務し、朝早くから夜遅くまで休日も惜しむように働いていました。結婚するまでの夫は実家暮らしで、生活に何の不自由を感じることなく、仕事にも責任感はさほどなくて何度辞めたいと思ったことか、と結婚した頃によく話してくれました。それが、妻を持ち子どもを授かったことで仕事に真剣に取り組むようになりました。はりきって働くその姿に、夫の体は大丈夫だろうかと何度も思ったものの、当時はそれが当たり前の時代でした。

暑い時も寒い時も、朝早くから夜遅くまで働く夫が何だかかわいそうで、自宅から自転車で五、六分程度の距離にあった会社まで、よく送り迎えをしていました。

夜十一時過ぎに迎えに行くことも度々で、「倒れそうだったら会社の門の中で倒れてね。家で倒れそうだったら、会社まで送って行くから足を一歩会社の敷地内に入れて倒れてね。それまでは絶対に死なないで！」などと車の中で冗談を言ったものです。そんな話も夫は目を細めて笑いながら聞き、時には「ひどい」と反論したりと、車内での会話も楽しいものでした。

娘が一歳になる頃から、夫は国内外を問わず出張が増えました。最初の海外勤務は韓国で、一カ月ほどの予定が何カ月にもなったりしました。

まだ長男が四歳で、長く留守をする父親の代わりを男である自分が務めようと、戸締りなどを見て回っていました。そんな息子がとてもけなげで、胸が締め付けられたものです。

夫は勤務先からよく電話をしてきました。「週末には帰れそうだから待っていて」という電話を息子はとてもうれしそうに聞いていました。

「お父さん今度の土曜日に帰ってくるって！」

でも、その約束はいつも仕事が長引いてキャンセルされてしまうのでした。幼いながら責任を持って母や妹を守ろうとしていた息子は、父親が帰国すればその重責から解放されると無意識思っていたのかも知れません。何度もの帰国キャンセルが重なり、息子は「アジア圏拒否症」になってしまい、それは大人になるまで続きました。アジアのものと思われる食べ物がまったく食べられなくなり、器など食品以外のものも避けるようになりました。

そんな息子の様子を見て私は、「本当に帰ることが決まって、飛行機のチケットを取ってから帰るコールをして！」と夫に忠告したものです。

夫は電話をコレクトコールでかけてくるようになったので、当時の我が家の電話料金は月十万円を超えたこともありました。今思えば信じられない金額です。でも家族が恋しくて声が聞きたかったのだと思い、私はひたすら高額な通話料を払い続けました。

夫は、一年の半分以上、出張に出掛けて行くようになりました。私たち家族は夫の出張先と我が家との二重生活、ほとんど母子家庭のようになりました。初めは別れ際に涙でウルウルしていた可愛い妻も、そのうちにそんな生活にもすっかり慣れ、母子家庭を楽しめるようになっていきましたが、夫は慣れない出張先での仕事と一人の生活に、すごくストレスが溜まっていったと思います。

出張の連続の中で、特に言葉も文化も違う海外での仕事は苦労の連続だったことでしょう。それでも、出張先の国々で家に招かれたり、小旅行に連れて行ってもらったり、帰国後も手紙をもらったり写真が送られてきたりしました。夫の苦労を私は想像すらできませんが、苦労しながらも皆さまに可愛がられていたのだなあと思ったものです。

男として社会人としてプライドを持って仕事をしていたこの時期が、夫の人生で一番輝いていた頃だと思います。

そんな夫が若年性認知症になりました。

哀しみ……認知症の始まり

日常の、ほんの、ほんのささいな出来事から、夫が何かおかしいと感じていました。

例えば、少し前に言ったことをまた口にする。それを聞いた私が「?」という感じの顔をすると、「あっ!ごめん。これ言ったよね」と気がつき言い直す。そんな程度の違和感。そんなこと誰でもあるよ。私もよく同じことを言うし……とそれを心にしまいこんでいました。

しかしその違和感は、一九九八年頃、日頃会話の多い夫婦でなければ絶対見逃す、聞き逃す程度のささいなことから強くなっていきました。

例えば、朝食中に話していた内容の一つについて、すぐにまた何事もなく話しだす。それは毎日ではなく、数カ月に一回程度のことだったと思います。でも私たちが一緒に過ごせる時間は、平日の夜のたった数時間と、休日の土日ぐらいしかありませんでした。本当はもっとシグナルは出ていたのに、私が気づけなかっただけなのかも知れません。

心の奥底に小さな黒い点が張りついているような、そんな感じを抱きながら月日を過ごし、そして一九九九年八月の夏季休暇に夫を地元の総合病院に連れて行きました。

病院で診てもらうことは前から決めていましたが、病院選びにはずいぶん迷いました。隣町に認知症専門病院があり、そこでは治験も行われていたからです。けれど、それでも地元の総合病院を選んだのには理由がありました。

本当に認知症と診断されたとしたら、それを会社になんと言ったらいいのだろうか。また認知症専門病院に受診することで「認知症」と決定されてしまうような気がして怖くもありました。認知症と向き合うには、あまりにも私たちは若くて無知でした。

地元の総合病院は土曜日も開業していましたので、ここなら会社を休まずに済むし、誰にも気兼ねせずに通院できると思いました。すでに私の中には、八割ぐらい「認知症だ」という確信がありました。

いよいよ診察、夫の様子を医師に伝えました。努めて明るく医師に話をしたように思います。認知症の確信があったものの、私は素人、プロの診断で認知症でないというお墨付きがほしかったのです。

医師は私の話を聞き、夫と話をしてＭＲＩの画像を見、「萎縮もないし大丈夫でしょう。でも心配なら薬を出しますよ」（後に正式に認知症と診断された時も、夫の脳の萎縮はほとんどないと言われた）。私は（違うんだ良かった！）とほっとする気持ちが勝り、「薬を処方してもらうイコール認知症と決定！」の思いを断ち切りたくて、薬の処方をお断りして帰ってきました。

今にしてみれば、認知症ではないという確証がほしいばかりに医師への伝え方がずいぶん甘かったように思えます。また、当時の認知症診断レベルからすれば、妥当な診断だったとも思います。

帰りの車中、私は「良かった！」という思いと、「だけどやっぱりこれは認知症だ……」という思いでとても複雑でした。その後も、夫はやはり認知症に違いないと思わせる出来事がありましたが、それを打ち消すかのように明るく楽しく過ごすことを心がけて、二人でいろいろなところへ出掛けていきました。

今思えば……、ということはたくさんあります。反省や自己嫌悪も山ほどです。だけど、その時認知症と診断されなかったことへの後悔はまったくありません。

次に診察を受けたのは五年四カ月後。その間、認知症のレッテルのない生活ができたのですから。早期発見、早期治療には反していますが、私たちにとって、この五年四カ月はとても貴重な時間だったと思っています。

二〇〇四年頃になると、日々の生活の中での異変が増えました。

「それ、今日聞いたよ」、「そうだった！　うん、確認のために言っただけ」などという言い訳の会話が増えていきました。

会社から帰宅するのに家の前を通過したり、一方通行の道に進入しようとしたり、「え？　家通り過ぎたよ」と言うと、「あっ！考えごとしてた」……。

しばらくすると、夫の手帳にメモが少しずつ増えていき、そのうちにビッシリと事細かにメモが書かれるようになりました。私は、夫が寝てからその手帳を確認することが日課になりました。

メモの多さのため手帳に書くスペースがなくなり、加えて一日に何度も何度も確認していたであろうため手帳がヨレヨレになって、年に二冊の手帳が必要になっていました。

夫に「手帳が汚れていたからもう一冊買ってきたよ」と手渡すと、「ありがとう」とにっこり。

そして腕時計も置時計も、日付と曜日入りの時計にとてもこだわり始めました。日にちも曜日もわかり辛くなっていたのです。


夫は本社から別の市に勤務地が変わっていました。ある日、その会社に行く道がわからなくなり、車で四十五分ほどの道のりを途中何度も何度も私に電話をかけて確認しながら、出社するのに二時間かかったことがありました。

半年くらい後、今度は帰り道がわからなくなり、ＧＰＳ機能付きの携帯電話を持たせました。常に充電には気をつけていたのに、たまたま充電を忘れてしまい、夫が公衆電話から家に電話をしてきました。

もう辺りは暗く、夫自身、自分が今どこにいるのかが理解できていないことはわかっていました。パニックを起こさせないよう声のトーンを下げ、ゆっくりと話すよう心がけ、「周りに何が見える？言ってみてくれる？」と聞くと、一つずつ区切った言葉から居場所が判断できました。無事迎えに行くことができ、ほっとしました。

しかし車が見あたりません。「どんな場所に置いてきたか覚えていることを言ってみて」と言うと、「何か、公園みたいだった……」。ずいぶん歩いて来たんだ……と思える遠くの公園の入り口で無事に車を発見できました。

その頃には、夫は認知症に間違いないと確信していました。二〇〇五年一二月末、病院で受診、「ほぼ間違いなし」となり、いろいろな検査をし、「アルツハイマー型若年性認知症」という診断が下されました。

当初はとても受け入れがたく、半年のあいだ思い悩み、苦しんだ末に、これほど医学が進歩しているのだから、頑張って病気の進行を遅らせていれば、認知症が治る薬が開発されて夫に間に合うかもしれない――。そう思え、それからはとにかく認知症に関することや進行を遅らせるための生活などを調べ尽くしました。頑張ろうと思うと、力が湧いてきました。

認知症の診断を下した医師によると、「病院のカルテ保存期間は五年で、前回受診した時の記録が既に処分されています。ですがこの状況を見ると、やはり前回来られた時にはすでに認知症になられていたのでしょう」ということでした。

その頃、夫はまだ会社で働いていました。認知症であることは、会社には伝えていません。ところが認知症の宣告を受けて半年ほどたった頃、帰宅した夫が、「会社から認知症の検査をした方がいいと言われた」と言いました。例の手帳にも「にんちしょうけんさをすること」とメモがありました。たぶん当時の夫には、もう「にんちしょう」の意味を理解する力はなかったと思います。それほどに状況は進んでいました。

私は主治医と相談し、夫に告知をしないと決めていたので、「そうなのね、でももう病院行って、ただの物忘れと言われたので大丈夫だよ」と言いました。

ただ会社から指示された以上ほうっておくわけにはいかないと覚悟を決め、上司の方に、病院で認知症の診断を受けたこと、アリセプトという進行を遅らせる薬を飲んでいるが治ることは今の医学では無理なことなどを伝え、「もしこれ以上勤務が無理なようでしたら、いつでも辞めさせる覚悟はできています。会社でご検討ください」と伝えました。

数日後、「たぶん、ご本人のためにも仕事をしておられた方がいいと思います。続けられた方が良いのではありませんか」と言っていただきました。とてもありがたく、温かいものを感じ、涙がこみ上げてきました。

認知症の診断を受けてから、どうしたら自尊心を傷つけず車の運転をやめさせられるかを考えました。

「定年も近いことだし、車二台の維持費は大変だから一台にしない？」と提案し、夫と私の車を売り、軽自動車一台に買い替えました。新しい車の運転に自分でも自信がなかったようで、夫は一度も運転することなく、スムーズにやめることができました。

次は、どうやって通勤するかという問題が発生しました。車でなければ電車通勤になります。飲み会などの帰りに電車で帰宅したことはありましたが、今はもうそれがなかなか難しい状況になっていました。

夫の認知機能を少しでも維持するために、自転車を二台買うことにしました。駅までの道順と駐輪場を覚えるため、毎日二人で自転車に乗って駅まで行き、帰りは自転車で夫を迎えに行きました。

しかし、駅の北口と南口の出口を間違えなかなか出てこないことも度々。降りる駅まで休日ごとに二人で電車に乗り、乗降番線、降りる駅名、改札から出た後の方向といったことを手帳に書きこみました。駅から会社までの道も、これまた休日ごとに現地まで行き、駅から会社までを行ったり来たり歩かせて、手帳に記録しながら覚えさせました。そして自宅に帰るために、その逆を覚えさせる。このことに三カ月を要しましたが、何とか無事電車通勤を開始することができました。

今思えば夫もさぞ不安だったと思います。私もよくやったなぁと。

そんな状態でしたから、夫が帰宅するまで携帯のＧＰＳで夫の位置をいつも気にする生活でした。少し帰宅が遅いと、駅までを自転車や車で行ったり来たり。夫を探す気の休まらない毎日を退職するまで続けることになりました。

病は残酷に刻々と進んでいき、会社に病気の告知をした二年後、とても仕事を続けられる状態ではなくなり、ついに退職しました。

この間、社内での配置転換や会社への行き帰りなどで、会社の方々に多くの支援をいただきました。とても感謝しています。

若年性認知症の患者は仕事を辞めざるをえないのが現実のようですが、そんな中、夫は本当に恵まれた環境にいさせていただけたと思っています。

二〇〇八年一一月、退職前に今後の相談のため会社近くの地域包括センターを訪れました。

一一月中に介護認定を受け、その時点で〈要介護2〉の判定でした。妻である私はともかく、改めて会社の方々のご苦労を察することとなりました。

そして退職の翌日より、デイサービスを開始しました。

私はフルタイムの仕事をしていましたが、仕事をやめるべきか迷いました。しかし当時夫を担当してくださったケアマネージャーが、「奥さんは仕事続けられた方がいいですよ。一日中一緒にいると共倒れをしてしまいます」と、一二月一日より二カ所のデイサービスを使い私の仕事に支障のないプランを立ててもらえました。

とても良いデイサービスでしたが、後に私を深く深く闇に落とすことになる言葉を、その時にある方から言われました。

「若年性認知症の、それも男性は大変なので、どこも受け手がなくなり、結局、精神病院に行くことになる」

悪意がないことはわかっていました。しかし、介護のプロの方の言葉は現実味を帯び、「さあ、今から本当の意味で介護が始まる。頑張ろう」と思っていた介護初心者の私には、とてもショッキングなことでした。まさか「認知症で精神病院に行く」などという認識は、私には皆無でした。たぶん、体全体がそれに対する拒否を起こした瞬間だったと思います。介護をしていく段階の中でそれを知ったなら、もう少し自然に受け止めることができていたかも知れません。私は、とにかく「絶対に精神病院には行かせない！」。そう心に誓ったように思います。

夫は、好き好んで認知症になったわけではない。

病気になる時、人は年齢も性別も選べない。

そこをわかってほしいと思いました。

介護事業もボランティアではありませんから、力のあまり強くないお年寄りの女性で、勝手に動き回らない人のほうが良いでしょう、それは理解できます。では、夫のような男性若年性認知症患者は、どう生きていけというのでしょうか。

私は、夫が認知症と診断される前から「認知症」の情報を本やインターネットから徹底的に集め、勉強しました。そのかたわら、娘を早く結婚させようと思いました。夫が娘の結婚を喜べるうちに。そして最大の理由を、娘にこう話しました。

「あなたが一生結婚しないで生きていく覚悟があるならともかく、そうでないなら早く結婚した方がいい。あなたが家にいると、お母さんはそのうち当てにするようになる。そうなると、あなたも踏ん切りがつかなくなるでしょ？　今結婚してもいいと思っている人がいるのなら、早くしたら」

そして縁に恵まれ、娘は結婚式を迎えることとなりました。当時もう結婚し、家庭を持っていた息子を呼び、初めて父親が若年性認知症であることを打ち明けました。そして妹の結婚への協力を頼みました。認知症と宣告を受けてから二年半が経っていましたが、夫や私の兄弟親戚、友人たち、私の勤務する会社にも知らせていませんでした。夫の兄がこの年に亡くなった時の様子から、初めて夫の親戚に知られ、また私の友人にも少しずつ折を見て話をするようになっていきました。

息子はその時、「何か心に引っ掛かるものがずっとあった。毎日ビールを飲んで上機嫌になり、酔った拍子におやじギャグもどきの会話も多かったけど、そんな会話の中に「？」と思うようなことがあった。でも、「また酔って馬鹿なことを言っている」ぐらいに思っていた」と言っていました。息子も、父の様子が何かおかしいとの思いを、心の中で打ち消していたのだと知りました。そして「もっと早く言ってほしかった……」と息子は言いました。

娘の結婚式当日を迎え、会場の方々に夫の病気を打ち明け、協力をお願いしました。娘が楽しみにしていた「バージンロード」を、夫は緊張しながらエスコートし、無事に大役を果たしました。

子どもたちは、それぞれ我が家の近くに住んでいます。それなのになぜ息子にまで言わなかったのかと疑問に思うことでしょう。夫が若年性認知症ということは、子どもたちも若く当時まだ二〇代でした。本来なら、私たち夫婦が認知症の親世代を抱える年代です。認知症の親を持つには彼らはあまりにも若く、今から自分たちの人生を夫婦で築き上げていかなければいけないのです。私は、母として、父のことを子に背負わせることなど到底考えられなかったのです。

後の私の介護に対する思いに大きく影響することになるのですが、そもそも私は子どもたちを早く独立させ、支援サービスを利用しながら私一人で夫の介護をしていくと決心していました。それは、子どもたちに迷惑をかけたくないということだけでなく、妻である私が夫の介護をしたいと思っていました。義務感からではなく、夫婦だからそれが当たり前でした。

やはり私にも、夫が「認知症」という事実を世間に隠しておきたいという偏見があったのかも知れません。でも、きれいごとではなく、現実はやはりとても厳しいのです。世間に何を言われても、それに立ち向かう勇気や強さが私になければ、公表せずに生活するしかありません。どんなに困っていようと、私は一人でやり遂げるという覚悟をしていました。

よく「地域で支える、認知症であっても暮らしやすい街」というキャッチフレーズやスローガンを耳にします。私にはそんなことはなかなか難しいと思えます。でも、世の中を変えるのは、やはり当事者であるのかも知れません。私は地域に告知をしていないので、していたらどうなっていたかはわかりません。もしかしたらもっと楽に暮らせたのかもしれません。でも、もしかしたらもっと深く闇に落ちていたかもしれません……。

いつか、どんな病気であっても、普通に暮らせる世の中が来たら、そんなにうれしいことはありません。そうなってほしいと心から願っています。でも、そのために、どうしたら良いのでしょうか。

闇の底へ……たったひとりの介護

二〇〇九年六月、それまでの二カ所のデイサービスから小規模多機能型居宅介護事業所に変わり、デイサービスと泊まりを組み合わせた介護が始まりました。

それまで夫を手もとから離して泊まらせることはありませんでした。小規模多機能型居宅介護事業所は、その人その人に合わせたきめ細かな介護をしてもらえました。しかし現実は残酷なもので、どんなに細やかな介護生活の中でも、夫は施設に居場所を見つけられず、病は刻々と進んで行きました。

この年の秋、息子が新居を建て、引越しの日の手伝いのさなか、「何で手伝わなきゃいけないのか！」と夫が突然言い出して不機嫌になり、手がつけられなくなりました。そのままデイサービスに連れて行き、予定外のサービスをお願いすることになりました。

一一月二八日、六十三歳の誕生日に子どもたちと家族全員で食事に行った時も、夫は時を追うごとに不機嫌になっていきました。どうも息子に対して何か思いがあるのだと気がつきました。夫は田舎育ちで、「長男＝跡取り」という考えがあり、長男に対する思いは特別でした。とても大切にする気持ちでいたと思います
子どもたちはすでに成長し独立しているのに、夫の中では息子はどんな存在でいたのか。夫の思いを知る術はありませんが、長男が大切であるが故の怒りだということは理解できました。そんなこともあって、ますます私は、夫は一人で看ていくのだ、と決心を新たにしたように思います。その頃から、私は心を病んでいきました。しかし、まだ私はそのことに気づいていませんでした。自分の心の病に、本人は気づかないものなのでしょう。

毎日毎日あふれる涙を夫に見せないようにと思いながら、夫が寝た瞬間に急いで入ったお風呂でボロボロと涙したり、デイサービスへの送り迎えの車の中で夫に見せないよう涙を流したり。そんな妻の苦悩を、夫は気がついていたのではないかと思います。とにかく一日中涙が落ちていました……。

二〇一〇年のお正月、子どもたちの家族とともに新年を祝って楽しんでいた夕食どき、だんだん夫の顔つきが変貌し、怒って外に出て行ってしまいました。ふだん一緒に暮らしていない子どもたちは状況がすぐに把握できなかったようでした。

私は慌てて一緒に出て、なるべく平静を装い話しかけましたが、なかなかうまく機嫌が治らない……。もう家族で食事を楽しむことは無理だと感じ、とても悲しい思いがしました。子どもたちが結婚し、家族が増え、楽しいはずの生活でありながら、そのことで夫の機嫌が悪くなる。なんと残酷な病気でしょう……、なんと悲しい現実でしょう……。

夫の認知症で私が一番苦しんだこと、それは今を忘れていくことでも家族が認識できなくなることでもなく、夫の人格が変わったと思えるほどの怒りの表情でした。

調べて知っていたはずの認知症の「周辺症状」なのですが、こんなに不穏な顔になることなど、ともに暮らしてきた長い年月の中では、最も想像できないことでした。夫と結婚して以来、そのやさしさに守られて生きてきた私にとって、本当に残酷なことでした。

夫は本来とてもやさしく、それは家族だけでなく、「生あるもの」すべてに対して変わらぬやさしさで接する人でした。そんな夫が人が変わったように、今まで見たこともない険しい顔を見せるようになったことで、気の休まらない日々が続くことになりました。

いつ夫が不穏になって家から出て行っても対処できるように、私は玄関の横の部屋で、服を着たまま床に横になって眠るようになっていました。とてもおかしな光景かも知れませんが、私にはそうすることが自然でした。

この頃すでに一日二時間ほどの睡眠時間になっていましたが、そのことがおかしいとは思えないほど、私の心は崩れていました。

三月に入り、施設管理者が私の異変に気づき、二週間夫を施設に泊めていただけることになりました。

私としては身が裂かれるほどの思いもありましたが、とにかくこれからの介護の継続のためと思い、その間に私自身が病院に行くことにしました。いわゆる「介護うつ」というものだったと思います。

その頃から、私はよく仕事を休みました。朝、体がまったく動かず、一日中ベッドの中で過ごしました。寝ているわけではなく、頭は冴えている。けれど体が動きません。そしてある日、寝ながらふと夫と離婚しようと思い立ちました。夫と離れて自由に生活したかったわけではなく、他人になって、他人として介護したら、もっとうまくできるのではないかと思ったのです。

しかし、認知症の人と離婚するのは簡単ではありません。何しろ離婚に同意することができないのですから。そんな、とてつもなく無謀なことを考える毎日を私は過ごしていました。

ゴールデンウイークの頃になると、夫の不穏はますます激しくなりました。夫は若いこともあり、始めからデイサービスに行くことを嫌がっていました。しかし私にも仕事がありましたので、行ってもらわなければなりません。そこで午前五時半頃に家を出て、私の仕事の出勤時間までの二時間あまり何カ所か公園めぐりをし、気晴らしをしてからデイサービスに送っていくという毎日を過ごしていました。

小規模でも不機嫌で、スタッフがマンツーマンの付きっきりで対応してくださるようになっていましたが、そのうち施設の中に入ることができなくなってしまいました。

「今日も不穏で……」などと書かれた連絡帳を見ると本当に心が痛み、仕事など行っている場合じゃないのではないか……。喜んでとまでいかなくても、何か夫がやり甲斐を持てるような施設を探さなければ……と、来る日も来る日もそんなことを考えていました。

そんな夫と家で過ごすのに家事をしている余裕などなく、毎日帰りにコンビニに寄って、夫のビールとお弁当、私のおにぎり一個を買いました。この頃私は、一日一個のおにぎりで暮らしていました。それも夫が眠ってから急いで食べるのです。傍から見たら異様だったことでしょう。「どうして?」と思うことでしょう。でも私はまったく理性を失っていたので、お腹が空くこともなく日々が過ぎていきました。

あっという間に体重は一〇キロ以上減っていましたが、それに気がついたのはもう少し後のことです。

「夫は生きていて幸せだろうか?」「みんなにうとまれ、生きている価値があるのだろうか?」

――こんなことばかり考え、ますます心が落ち込んでいきました。そして、一生分でもこんなに出ないだろうと思えるほどの涙が、毎日毎日あふれてきました。

確実に頭と心が病んでいたのでしょう。周りの人たちが心配して、「あなたの人生も大切にしなくては」と何度も助言してくれました。でも私は、「夫が若いということは妻である私も若い。夫があとどれぐらい生きられるかわからないけれど、健康な人より確実に早くその時がやってくると思う。だから、私の人生はそれからでも十分考える時間がある。自分の人生はそれから考えても遅くない」と言い、誰の意見も受け入れませんでした。

その頃、そろそろ自宅で介護するのは無理ではないかという提案がありました。私の心には例の「結局、精神病院に行く……」という言葉が棲みついていましたから、あくまで自宅介護を望みました。夫の症状は厳しくなり、施設入所から断られる状態にまでなっていました。

六月、もう私は限界でした。「もう無理……」と心で叫んでいました。死に場所を求めて、夫と二人海に向かい、途中コンビニで買った「最後のビールとお弁当」を食べさせて、海岸で遊んでいる夫を眺めながら暗くなるのを待っていました。

私はふと施設管理者にメールを送っていました。夫が生きている意味を知りたくて……。一方で死を選ぼうとしている自分を止めてほしいという思いも、どこかにあったのかも知れません。

施設管理者の方に帰って来るよう促され、夜になって帰宅すると、子どもたちも呼ばれていました。皆で話し合い、このままではいけないということになり、夫の認知症周辺症状の治療のための入院が決まりました。その入院期間三カ月の間、私は一度しか夫に会うことができませんでした。

夫に処方された膨大な薬の数々、それを全てインターネットで調べました。そしてあまりのことに恐ろしくなり、途中で調べられなくなりました。薬の影響にははかり知れないものがあり、恐ろしくて胸が震えました。

入院する前は、普通に歩いて、普通に話ができて、妻も子どもたちも、孫たちのこともわかっていました。それらをすべて失うほどの強い影響でした。しかしそうでなければ、夫が、私が、生きていく道がないという現実……。それほど若年性認知症が残酷な病だということなのでしょうか。治すための薬ではなく、病気を進めて介護しやすいようにする。それが私の心をどれだけ傷つけたか、想像も及ばないと思います。

夫がまだ元気だった頃、尊厳死について話し合ったことがありました。「治らない病気とわかったら生きていたくないよね」。夫婦の思いは同じでした。そしてその時、私たちは早速インターネットから「尊厳死宣言書」なるものをダウンロードし、お互いにサインしました。

でも、それをどこかへ失くしてしまいました。失くしたということは、将来こんなことが起こるなどとは、まったく想像もしてなかったからだと思います。

その「尊厳死宣言書」のことを思い出し、病院の先生に「夫を尊厳死させてほしい。夫とは話し合っていたので、今のまま生き続けることを夫は望んでいない、私は夫の意思を確認していま す」と迫りました。

　当然ですがきっぱり断わられました。「ご主人は一生懸命生きようとしている。そんな状況ではありません」と。息子にも「治そうとしている病院の先生に言うことではないと思うよ。それに、もしその時本当にお父さんがそう思ったとしても、人の気持ちは変わるものだと思う。今のお父さんがそう思っているかはわからない」と諭(さと)されました。

　私は、「今は確認できない。だからお父さんの意思を聞いている母さんは、お父さんの意思を尊重したい」と訴えましたが、誰も「そうだね」なんて言ってくれません。私の精神状態が普通ではないと判断され、その後面会をさせてもらえなくなりました。

　子どもたちには本当に悲しい思いをさせました。母が父と死にたいというのですから、そんな悲しいことはないでしょう。でも子どもたちは、「一時(いっとき)でも、お父さんが笑顔になれる時間があればいいじゃないの。ぼくたちは、決しておじいちゃんを偏見の目で見るような子に育ててはいない」と言いました。「たとえお父さんがどんなになっても、一日でも長く子どもたちのおじいちゃんとして生きていてほしい」と。

　でもその時は、この言葉さえきれいごとにしか思えませんでした。このことで、どんなに子どもたちの心を傷つけたかと思うと、母として失格です。

　また、若年性認知症コールセンターや命のメールなどに、「介護者である周りの者が、本人の意思を無視して生かし続けていいのでしょうか？」と質問したことがありました。このセンターの方たちや相談員、介護のプロ、医者、友人、すべての人が同様に「ご主人の認知症を受け入れなさい」と言われました。たぶんこれは、介護する上でとても大切なことなのだと思います。

受け入れる……。

夫が認知症であること。そしてそれが今の医学では治らないこと。認知症が進むと家族の認識も難しいこと。そして若年性認知症の平均寿命が短いことなど、たくさん勉強し、多くのことを理解していたので、「受け入れるって、いったいどういうことですか？　私は十分夫の認知症を受け入れていますが」と聞き返しました。

「死にたいと思わなくなることです」という答えに、「では、あなたたちは自分や家族が認知症になった時、本当にそのことを受け入れて明るく楽しく、前向きに暮らしていけますか」と問いたかったけれどやめました。

そういう境遇にない人に言ってみても、仕方がないことですから。

かく言う私も、実は夫の本当の気持ちはわかりません。夫はきっと家で暮らしたい、夫はきっと妻や子どもが大切――などは全て私側の思いこみで、実は夫は早く施設に行きたかったかもしれないし、別に妻や子どもなんてどうでも良かったかもしれない。わからないから仕方がない。良かれと思うことをするしかないのでしょう。勉強し尽くし、知っていたはずの認知症の進行と夫の進行のあまりの隔たりに私がついていけなかったのだと思います。

この頃、私はこの「受け入れる」「乗り越える」という言葉が大嫌いになっていました。

何でも簡単に言わないで……。

「受け入れて」「乗り越えた」先にどんな良いことが待っていますか？

夫の病気が改善の方向に向かっていますか？

夫が不穏じゃない平穏な毎日が待っていますか？

希望の明日が来ますか？

心が病んでいる時は、何も受け入れられないのです。

それを察してか、「受け入れる」ということを誰も言わなくなりました。

「あなたが受け入れられなければ、それでいい」と言ってくれました。

私は、この言葉に少し救われたように思います。できないものはできないのだから仕方ありません。

夫が入院してしばらくたった頃から、私は夫を退院させるために奔走しました。

もう自宅介護ができるような状態ではありませんでしたから、それを理由に退院許可が下りるとは到底思えませんでした。それでも退院させるには受け入れ先を探すしかありません。

特別養護老人ホームの申し込みは既にしてありましたが、そんなに簡単に入所できないとわかっていましたので、グループホームや介護老人保健施設（老健）や、申し込みをしていない特養など、仕事の帰りに毎日探し回りました。そして三カ月後、隣り町の老健が夫を受け入れてくださることになりました。

病院を退院し、老健に入所当時の夫は、薬の影響で首は下がり、足もともフラフラでした。身長一八二センチもあるのに、体重は四十六キロほどになっていましたので無理もありません。

そんな状態だったので転倒の可能性があり、頭を守るためにヘッドギアを付けていました。

私は老健に、「転倒して死んでもかまわないので、ヘッドギアを外してほしい」とお願いしました。そして希望通りヘッドギアが外されることになりました。後に老健の施設長から、「本当はそんなこと思っていなかったでしょう」と言われましたが、いいえ、私は当時本当にそう思っていました。

その頃よく「人は外見ではありません、中身ですよ」と言われました。そうです、その通りです。今までの人生で何度この言葉を耳にし、また私自身も使ってきたことか。でも、夫が一生懸命生きているというのなら、人として生きてもらいたい。そのためには外見も大切と思っていました。

夫の認知症は確実に進んでいて、異食のため、箸を持たせることができません。ボタンも洋服も靴も、そして箸もかじり、私はその現実をとても悲しい思いで見てきました。幻視もあります。いつも下を向いているため、前に行って下から顔を覗き込まないと夫は私を認識できません。一歩席を立って戻るともう忘、れ「あ〜来てたの?」と言います。トイレの場所を認識できません。

わけもなく（夫の中には理由はあるのでしょうが）洋服を脱いだりします。多くは何を言っているのかわかりません。

できないことばかりのようですが、決してそうではありません。「ご飯を食べることができる」「歩くことができる」「人を想いやることができる」、わけがわからなくても「話ができる」。そしてたぶん「私が妻とわかっている」……。わかっていなくても私を「大切な身近な人」とはわかっている、そう思うことにしました。


二〇一一年三月、特養内にあるショートステイに入所できることになりました。夫は病院に入院以来、下着から紙パンツになりました。スラックスからジャージになりました。ポロシャツからTシャツになりました。お洒落だった夫にはそぐわないものばかりです。そのことを仕方がないことの一つとして受け入れました。

しかし、ショートで夫の担当になったスタッフは、夫を普通に受け止めて、

「きっと素敵だと思うの。私たちもカッコいい夫さんを見てみたい。もう一度以前の洋服を着ていただきましょう、何か問題があったら、その時にまた考えればいいですよ」

と言ってくださいました。

その言葉がうれしくて……。

そして、また夫はスラックスにポロシャツ、そして紙パンツもやめ下着になりました。スプー

ンでなく箸でご飯を食べることができるようになりました。スタッフの負担は当然増えるはずなのに……。

普通の洋服になったことがうれしかったのではありません。いいえ！それもとてもうれしかったことですが、「やってみましょう」と言ってくださったことが、とてもとてもうれしかったのです。

どうしたら夫のために良い介護ができるか、家族の想いに寄り添えるか、私との会話の中からそれをくみ取る。いつも「その人にとって良い介護」を、何の気負いもなく自然にできるそのスタッフの介護力。とても素晴らしい介護ができていると感じました。これでまたすぐにオムツになっても、今度はしっかりと現実を受け入れることができると感じました。

こういった対応をすることは、介護施設では当然のことかもしれません。でも、ある日突然のごとく夫の認知症が進み、これまでの生きて来た事実も、今生きていることさえも全否定した私にとっては、とても新鮮な出来事でした。

今、普通に以前の洋服を着て、カッコいい夫が私を迎えてくれます。

ある日、特養で音楽会があり、「奥さんも一緒にどうですか」と声を掛けてくださいました。今まで通りの洋服を着た夫の横で音楽会……。なんと素敵な時間のプレゼントでしょう。その帰り道、今まで流してきた悲しみの涙でなく、うれしくて感動の涙があふれました。

「どんな姿になってもいい、生きていてくれるだけで……」、などとはとても思えないできましたが、こんな素敵な時間を共有できる日が再びめぐって来ました。今まで、夫の家で夫婦で暮らすことが夫の願いであり、幸せであり、夫の幸せが妻である私の幸せだと思ってきました。もちろん周辺症状の治療効果もあるでしょうが、特養での夫の落ち着いた暮らしぶりを見ていると、これまで私たち夫婦が、限界をはるかに超えた生活をしていたことを認めるようになりました。

しかしこの「時の判断」がとても難しいと思います。

デイサービスなのか入所施設なのか、本人と家族に今、何が一番ベストなのか。家族としての思いもありますし、介護現場の実情や入所施設の受け入れ態勢もあります。ましてや若年認知症は受け入れ態勢がなかなか整わず、法の狭間からこぼれ落ちやすく、そして本人と家族を取り巻く環境も困難で、とりわけ経済的に厳しいものがあります。

現在に至るまでいろいろな出来事がありましたが、夫が認知症と診断された時から、関わっていただいてきた全ての人に私がいつも伝えてきたのは、夫に「穏やかに暮らしてほしい」ということでした。

認知症になっても……「今」を生きる意味

私たちを支え続けてくださった人たちのおかげで、今やっと問い続けてきた「生きていくことの意味」が、私の心を満たし始めています。素晴らしい未来が描けなくとも、ほんの少しの良いことを喜べる明日が来ました。

言い尽くせないほど多くの人に恵まれてきました。死にたいと思ったあの日から、私は「明日はいらない、生き続ける意味などそこにはない」と言い続けました。これでもか、これでもかと言い続けてきました。本心を言えば、今でも一〇〇パーセント「生きていて良かった」と思えるわけではありません。でも、どん底に落ちた後だからこそ、ほんの小さな出来事も、とてもうれしく思えるようになったのではないかと感じています。どうやっても現実は変わらないのですから、無理にでもどこかでそう思わなければ仕方ありません。

実際夫は、毎日機嫌が良いわけではありません。帰る時、「一緒に帰る」と言ってついてくるので、「車に荷物を置いてくる」、あるいは「仕事の途中だから、もう一度仕事に行ってくる」と言って帰ります。帰るという事実を言って理解させた方が良いかと迷っていましたが、急に顔が曇るのを見るのはとても辛いのです。

そして、やはり残酷にも、認知症は少しずつ進行していることを認めざるを得ない状況にもあります。幸か不幸か、最近は帰ることに苦労しなくなりました。いつもにっこりと別れられるようになったのです。幸か、不幸か……。

私たちに、夫婦としての時間があとどれぐらい残されているかわかりません。そのことを考えると、時々とても落ち込みます。でも、考えても私にはどうすることもできません。

私は予定がない限り、毎日夫のところに行っています。それが今の私が夫にできる唯一のことですから。

今、夫がいるところを我が家だと、その我が家で二人で暮らしていると、そう思われたらどうですか、と特養のスタッフが言ってくださいました。

私はある時、突然、我が家とまったく同じ年齢のご夫婦で、若年性認知症のご主人を介護された（ご主人は一昨年亡くなられましたが）福岡在住の奥さまに会いに行きました。

面識はありませんでしたが、その方はご主人の認知症をオープンにされ、テレビに出演されている姿を度々お見かけしていました。ブログも書いておられましたので、メールを送り、「一度お会いしたい」と連絡して、飛行機に飛び乗り会いに行きました。

周りは私の突飛な行動にハラハラしていたようですが、何かを話したくて、何かを得たくて出掛けていきました。そして、初対面の私を自宅に泊めていただき、同志二人で二日間、よく話しよく泣きました。

でもやはり皆それぞれ違う。私は彼女のように素晴らしい介護ができないし、環境も違えば思いも違う。そのことを知りましたが、たくさんのことを学ばせていただき、会いに行って本当に良かったと思います。同じように介護を経験した人の話を聞くことは、とても大事です。

その彼女にも、そして私の周りの人たちにも「あなたは幸せ」と言われました。私は幸せ？夫が認知症であっても私は幸せなんだ。それは「夫が若年性認知症なのに年金をもらうことができ、夫が若年性認知症なのに子どもたちは家庭に恵まれ、夫が若年性認知症なのに私は仕事に恵まれ、夫が若年性認知症なのに介護者に恵まれ、「あなたは幸せ」なのでしょう。でも私には夫の認知症と引き換えられるものは何もありません。

願い続けた認知症治療薬は未だに開発されず、夫に間に合わないかもしれません。とても残念なことですが、私が自分で開発できないのですから待つしかありません。

私は心が狭いので、夫に間に合わないのなら薬なんて開発されなくてもいいと思いました。未来の人たちのため？　そんな先のことはどうでもいいとも思いました。今、夫を助けてほしい。そんなふうに思っていました。でも、やはりどんな病気でも、治療薬が早く開発されなくては人は救われません。

現在、夫は、最近承認され認知症中度から重度の患者向けの「メマリー」という薬を使い始めました。だからといって治るわけではないのです。では何を期待できるのかと考えた時、私の夫に対する想いの原点である「穏やかに暮らしてほしい」、それが叶うかもしれません。

私は日本で承認される前からその薬を個人で手に入れ、夫に飲ませようと思っていましたが、諸事情があり、結局今になりました。治らないとわかっていても、やはり人が生きていくためには「希望」が必要なのです

今でも夫が若年性認知症になったことが残念でなりません。

でも、夫の認知症周辺症状が一番最悪だった頃は、辛くて悲しくて、毎日泣いていましたが、

今は人の温かさに涙するようになりました。

やっと私が認知症である夫を、大嫌いだった「受け入れる」ことができたのかも知れません。よく介護の世界では「頑張らないで」と言われますが、そんなことはできないのです。頑張らなければ生きていけないのです。

今、私は夫と一緒に暮らしてはいませんが、それでも私たち夫婦の毎日が少しでも豊かなものになるように願い、自分自身に納得できることを探し続けながら、これからも頑張っていきたいと思っています。

私は健康な夫婦のように夫に相談事もできません。一緒に楽しんだり悲しんだりと、「喜びや悲しみを分かち合う」こともできません。心の準備もないまま突然やってきた一人での生活に、まだまだ慣れることもありません。でも想像はできるのです。夫が元気だったら何と言っただろうか、と。それを気づかせてくれた人がいました。「あなたの夫だったら……」と。

私が今までの介護の生活の中でもう一つ悩み苦しんだことがあります。夫が認知症と診断された日、私は迷わず告知をしないことを選択しました。でも本当にそれで良かったのか。

夫が病気になる前、「自分が治らない病気になった時、自分の病気を知りたいと思う?」と話し合ったことがあります。その時もお互いに「やはり知りたい」でした。

それなのに、私は夫に告知することをしなかったのです。もし私が認知症だったらと考えました。そしてやっぱり、どんなに落ち込んでもきちんと自分の病気を知り、これからのことを自分で考えたいと思いました。今でもどちらが良かったのか答えは出ません。知らない方が幸せだったのかも知れません。

言い尽くせないほど悩み、悲しみ、絶望してきました。私が思い描いた「介護」は、実際私がしてきたものとはまったく違うものだったと思います。余裕を持った介護ができていれば、「素晴らしい介護」と言われたのかも知れません。でもこれが私の「精いっぱいの介護」と今は言えるようになりました

「大切」とは「愛」であり、「大切を尽くす」とは「この上なく愛する」ことを意味すると、何かの本に書かれていました。夫は今までも、今も、多くの人に大切を尽くしてくれました。そのことを、夫の人生をかけて私に教えてくれました。認知症になっても、人を愛するやさしい心がいっぱいあることを。

ある日、ショートの廊下でスタッフと夫と三人で立ち話をしていました。私の後ろを別スタッフが車いすの方を押してこられました。その時夫が私の背中に手を置き、そっと私を前に押して車いすの方が通りやすいようにしたのです。

私もスタッフも気がつかないことを、夫はそっと気遣かったのです。そんなことが日々の生活の中でたくさんあります。認知症になったからこそ、その人の本来の姿が現れるということを実感しました。

そんな夫と私は、これからも寄り添って「今」を生きていくんだなぁ……と思えるようになりました。いつか夫婦のどちらかにやがて訪れる旅立ちの時まで……。

それにしても、病気であってもなくても「穏やかに生きる」ことのなんと大変なことか。だからこそ、一瞬一瞬の「穏やか」を大切にしたいと思います。夫とともに生きてきた歳月を無駄にしないために、そしてこれからも夫と夫婦としての時間を重ねていくために。

最近夫の部屋にソファとテーブルを買い入れました。こんなことが、とてもうれしく思えるようになりました。一途な妻のほんの少しの成長の証です。

そしてある日、夫と担当のスタッフからプレゼントカードをいただきました。散歩で見つけた四ツ葉のクローバーが貼ってあり、表紙に夫の書いた私の名前の文字がありました。

スタッフが一生懸命導いてくれ、紙に書いた文字をハート型に切り抜いて作ってありました。

夫の書いた文字を、もう一度見ることができるなんて！

夢のような素敵なプレゼントに感動しました。大切な大切な私の宝物になりました。

本当は、まだまだ私の中に苦しみや悲しみや痛みがいっぱいあります。でも、今はこうした出来事で、少しずつ生きていることを良しと思うしか方法はないと感じています。

今までいろいろなことを考えてきました。決して前向きにはなれず、全てのことから逃れ、一人になりたいと思った時もあります。でも、やはり夫はかけがえのない私の大切なパートナーです。離れることなどできません。これからも、悲しかったり辛かったり、心が揺れると思います。

私には全てを笑顔で受け止めることなど、たぶんできません。それでも、夫との時間を、ゆっくりとゆっくりと、自然に生きていくことを目標にしたいと思っています。

残念ながら、介護に「これが最善」というものはないように思います。できることならあまり悩まないで、できることならあまり悲しまないで、できることならあまり絶望しないでできたらいいと思います。

絶望の向こうにも、ほんの少しの光があるのかも知れません、でも絶望の淵にいる時、「いつか良い時が来る」と言われても、「そんな時は絶対に来ない」と思えます。どうしたら認知症本人も家族も救われるのか、私にはわかりません。まだそんな時代ではないように思えてなりません。でも私がしていただいてきたように、その時々に、いろいろな方々にかたわらで寄り添い続けていただくことは、とても大切なことと感じています。そのためには、私ができなかった「事実をオープンにすること」も大切なのだと思います。

介護者を支えること。それが認知症本人の生活を守る一筋の道かもしれません。

ブログより

二〇一一年一〇月に、夫はショートステイから特別養護老人ホームへ住み処(すみか)を替えました。ここから私のブログが始まります。夫へ、家族へ、友へ、そして介護に携わる多くの人たちへ、めぐり会ってきた全ての人に、多くの思いを込めて書き綴りました。

i（2013—2014）

二〇一三・一二・四 【誕生日】

先日、夫は六十七歳の誕生日を迎えた。六十五歳も六十六歳も誕生日のお祝いをしてきた。でも、夫が六十七歳の誕生日を迎えた瞬間私の体の中に流れる何かが今までと違っているのを感じた。何も特別なことはない六十七歳の誕生日だが、車で言うとギヤが「N」から「D」に切り替わったように。六十七歳まで生きてこられたんだと感慨深く……。

十四年ほど前、初めて夫を病院に連れて行った時、そうして数年後正式に認知症と診断が下されてから、夫が六十七歳の誕生日を迎えることができるなどということはまったく考えられない日々を送ってきた。

生きるということを拒否した時期もあった。だけど、今こうして夫は六十七歳の誕生日を迎えられた。

現在重度の認知症に進行した夫は特養に入所中。施設の方々には、たくさんの知恵を絞り日々夫を見守っていただいている。

その施設のご厚意で、夫は誕生日のお祝いにスタッフとともに自宅に帰ってきた。久しぶりに、本当に久しぶりに。お肉の好きだった夫のために豚しゃぶとビールと、そしてバースデーケーキを用意して……。

不穏の時間が多い夫なので、とても心配していたが、当日の夫はそれはそれは上機嫌で、口笛なんかも披露してくれた。最高のバースデーメロディの「口笛」だった。

これから私たち夫婦のこと、施設での生活、認知症に対する思いなどをこのブログに書いていきたいと思う。

二〇一三・一二・五　［夫のご機嫌］

夫の入所している特養は職場から近いので、私は毎日、昼休みと仕事帰りに施設に行く。お昼休みは夫のご機嫌は比較的良好なのに、仕事帰りに行くと、たいていは不穏の顔だ。最近まで不穏のその顔が私の胸に刺さり、帰宅する車内でよく落ち込んでいた。でも……私がどんなに頑張っても、夫はその努力に報いて、ごほうびにニッコリ笑顔でいてくれるわけではない。

そんな時は、夫の世界に日が射すのをじっと待つことにする。

そんなふうに思えるこの頃だ。

二〇一三・一二・七　［会話］

施設の夫の部屋には入所時、ベッドとタンスだけがセットされていた。それからタンスを追加し、テレビ、ソファ、テーブルを買い入れた。そんなことがとてもウキウキとしてうれしかった。私たちはそのソファに座り、二人でよくテレビを見る。と言っても、夫はもうまったくテレビを見るという行為はできないが、それでも毎日そうしている。

昨日、いつも通りソファに座りくつろいでいた。夫はご機嫌よろしく満面の笑顔だ。

そこで、

「あなたは幸せ？」と聞いてみた。

「うん！」と満面の笑顔で答えてくれた。

そんなわけないでしょ！とツッコミたかったが、とてもうれしい瞬間だった。

質問の内容がわかっていての返事だとはとても思えないが、そんな会話ができることに今は感動できるようになった。

毎日を大切に生きていかねば。

二〇一四・一・一二【お正月】

それぞれの家庭を持っている息子、娘家族全員が夫の部屋に集合し、二〇一四年一月一日のお正月を迎えた。

当日は施設に写真屋さんに来ていただき、家族写真を撮ってもらった。これは私の数年来の夢であったけれど、夫のご機嫌がいつ変わるかわからない今、とても写真屋さんに出張していただくなどということは考えられないでいた。それでもいつかは撮りたいという思いはずっとあり、写真館を探していた。

特養で、しかも認知症患者相手なので、予定していた日に確実に撮影できる保証はない。そんな話をするとどこも尻込みする中で、とても素敵な写真屋さんに出会った。

「私たちも初めてのことですが一生懸命させていただきます。その日に撮れなければ日にちを改めてまた撮りましょう」

と言ってくれた。案ずるより産むがやすし。

　前日より用意していった背広をスタッフに着せていただき、ネクタイを締めた夫はキリリとしてとても格好良く出迎えてくれた。そして、奇跡のようにずっと笑顔で写真に納まってくれた。

　どん底の時には考えられない今の状況、それでも、認知症になった夫は幸せだとはどうしても思えない。けれど、そんな中でも、周りの人たちの理解や助けを借りながら、妻としての願いは一つずつ叶っている。

　夢や希望を持っていいんだと最近思えるようになった。次はどんな夢が叶うかしら……。

二〇一四・一・一五　【告知】

　新聞に認知症本人がある新聞社に寄せた手紙が載っていた。昨年認知症と診断された若年性認知症の男性の、困惑と絶望の気持ちが記されていた。私は妻としてその奥さまの気持ちを思うと、それもまたとても切ない。

いずれ大切な妻のことも忘れてしまうのだろうか、とも記されていた。忘れないように、スマホにいつもメモしておられるとのこと。夫も書くところがなくなるほど、手帳にメモがしてあった。自分がどうなったのかと、どんなに不安だったことだろうか。それを思うと、今でも胸が張り裂けそうだ。

認知症は、なんと残酷な病気なのだといつも思う。

私は、夫に告知しないことを選択した。そのことで未だに悩むことがある。告知をしていたら、夫はどんな生き方をしただろうか。時に触れそれを思う。知らなかったから、混乱の時の術(すべ)がわからなかったのだろうか。

告知していたら、自分で自分の生き方を選択できたのに、私がそれを奪ったのだろうか。

告知していたら、生きてこられただろうか。

などなど……。

告知しないことを選択した私は、告知を受けたその男性の言われることがとても興味深く、少しでも良い人生を過ごされることを願わずにはいられない。

二〇一四・三・一【散歩】

今日は土曜日、私の仕事は休みなので、一〇時頃に施設に行った。夫はとてもご機嫌の良い柔らかな顔をしていた。

私は施設に行くとまずやることがある。夫を施設の外に連れ出すのだ。春夏秋冬、季節を夫に感じさせたくて……。この冬は施設の玄関を出た瞬間、「寒〜い！」と言ってくるりと向きを変え、玄関の中に入っていく。外に出るのはほんの一瞬だ。それでも一歩でもいいからと連れ出す。夫がまだ季節を感じることができるのがうれしくて……。

夫が自分の足で地面を踏みしめることができるのがうれしくて……。

ここ数日、春を思わせるほど暖かいので、今日は久しぶりに近くの小学校に散歩に連れ出した。春の小学校はパンジーやチューリップや桜など、たくさんの花が咲く。庭にきれいな花を植えるのが好きだった夫は、そんな校庭を散歩するのが実に楽しそう。春はもうすぐそこに来ている……。いっぱい、いっぱい、散歩に出掛けよう。

二〇一四・三・三　【ビール】

夫はアルコールが好きで一年三百六十五日、よほどのことがない限り毎日お酒を飲んでいた。特にビールが好きだ。ちょっとした病気は、ビールを飲んで体をアルコール消毒すれば治るというのが夫の持論だった。

しかし認知症になり、徐々に病状が進み、通所施設→病院→老健→ショート→特養と、夫の居場所が変化していき、病院に入院以来ビールとは縁が切れていた。

ビールが好きなことを知って、老健ではノンアルコールビールの飲酒ＯＫが出た。その後に入所した特養でもノンアルコールならと言われていたが、その頃一つの疑問が生まれていた。

私はアルコールがまったく飲めないので確かなことは言えないが、ノンアルコールビールは、飲みたいけれど車を運転するからしかたなく……などという時に飲むものだと思う。自覚のない今の夫に、酔わないビールを飲ませる意味はないように思え、そのままになっていた。

そんな話が特養入所の時にあってから一年ぐらいたった頃、夫を家に連れてきた時に、ビールを飲んで上機嫌な姿を介護士が見て、施設に言ってくれた。

「夫さんは、飲んでとてもご機嫌になる」

その話を施設に伝えてくれたことで夫の施設での飲酒にゴーサインが出た。施設開所以来初めての試みということだ。

それ以来、夫は夕食時にビールを飲んでいる。今の夫が本当にそれをビールと認識し、楽しんで飲んでいるかどうかはわからない。でも、大好きだったビールの味に、夫の日常が少しでも豊かになればそれだけでいい。しばらくの間、夫の飲酒の様子を楽しもうと思う

二〇一四・三・四　【トイレ】

夫は、昨年の四月頃から下着にパットをあてるようになった。

その頃トイレが間に合わず、日に何度も下着とズボン、靴下に靴を総取り替えにする日が続いていた。そのことでまた夫のご機嫌を損ねる。それでは本末転倒だ。いつまでもトイレで用を足

すことは理想ではあるが、それは不可能で、いつかはやってくる現実だ。

スタッフには、よくぞ今まで頑張ってくれたと思っていたので、「パットを当てたいと思うのですが」という提案に、「それでけっこうです、今までよくやっていただきました」と、私は現実を受け入れ応じることができた。その後は時間を見計らってトイレに連れて行くようになった。

それから一年あまり、やはり病気の進行とともに、それが当たり前の日常になっていた。

でも、時々トイレに行きたい素振りに遭遇する。自分でズボンのファスナーを下ろす仕草をするのだ。

実際には仕草だけで、自分でできるわけではないし、そのつどトイレに連れて行くが、大体は間に合わない。しかし今日は成功の瞬間に立ち会えた。

行きたい素振りを察知し、とっさにスタッフとトイレに連れて行った。そしてトイレに座らせると、なんと成功したのだ。若いスタッフだったが、

「奥さんすごい！　よくわかりましたね」

「ハイ！　もう三十九年も夫婦してますからね！」

本当は……、人にトイレのお世話をしてもらうなんて夫はどんなに嫌だろうと思う。傍にいる私だって本当は嫌だ。だけど、これが現実……。このことを受け入れなければ「今」を生きていけない。

二〇一四・三・五　［トイレの話　パート②］

夫が入所している施設は、とてもきれいで気に入っている。夫の部屋にはトイレがない。トイレがある部屋とない部屋があるが、夫の場合、便器という認識はこの施設に来た時からないので、便器の水で手を洗ったり飲んだりということを想定し、トイレのない部屋をお願いした。トイレは部屋と部屋の間にあり、十分な配置数だ。

夫が入所してからほぼ毎日私は施設へ行っているので、私がいる間は私がトイレに連れて行っていた。施設のトイレはセンサー式で、入っていても動かないと照明が消える。鍵はないので、中に人がいるかどうかは、トイレの入り口上部にある小さなライトが点いているか消えているかでわかる仕組みになっている。

私がトイレに連れて行く時もそのライトで判断し、消えているとトイレは空いていると思い、開けると人が座っている場面に何度も遭遇した。

入所者は一様にあまり動かないので、入っていてもトイレ内の照明は消える。しかも、どのトイレも窓がないので、真っ暗の中で入所者は座っている。

暗い！とも、怖い！とも言えないまま……。

　人が入っている間、照明の電気が点くようにする工事がどれほど大変なのかはわからないが、真っ暗なトイレの中でトラブルが起こっていても、誰にも気づかれることはない。そのことに、スタッフも最初は心が痛んだと思う。でも、日々の仕事に追われ、そのことも次第に日常になり、当たり前になっていった。

　だけど考えてみてほしい。皆さん真っ暗のトイレに入りますか？　私なら嫌ですけれど……。入所者のことを考えたら、トイレに入っている間、照明が点いているようにすることは、とても大事なことだと思う。

　私は、「外見は大切」、と以前いた施設の方に言ったことがある。夫には夫にふさわしい服装をしていてもらいたいし、髪の毛もきちんと切り揃え、いつまでも男前でいてほしい。けれど外見を重んずるあまり、大切な本人自身をないがしろには決してしない。

　施設もそうだと思う。清潔できれいであることはとても大切なこと。でも、もっと大切にすべきは、入所している方たちの安全・安心と快適な暮らしだということを決して忘れないでほしい。

　入所者をトイレに連れて行く時はその場を離れてはいけない決まりらしいが、少ないスタッフのうちの一人がトイレに連れて行って座らせている間に、他でセンサーが鳴り、他の入所者に問題が発生……、それが現状で、決められた通りにはなかなかいかないのが認知症施設だと思う。現場のスタッフは本当に大変そうだ。ならば人で賄えないぶん物理的な設備ででも補わなければ。

そんなことを話して、次の日にトイレの電気問題はセンサーによる点灯時間を延ばすことで無事解決。今は皆さん、明るいトイレで安心して座っていられる。

二〇一四・三・六 【ちゃ～ん】

夫が特養に入所した時、一人のスタッフが「親しみを込めてご主人を〝ちゃん〟付けで呼んでいいですか?」言われた。私は即答ができず、一晩考えた。

そして次の日、「やっぱり、それはちょっと」とまだ施設にも慣れてない私は遠慮がちに言った。親しみはそんなところに込めなくても、他にいくらでも方法はあるでしょう。でも、何だか施設の雰囲気は〝ちゃん〟付けの方向に……。

数日後、勇気を振り絞って施設長に面会を申し入れ、直接話をした。

――夫は会社でたくさんの部下もいました。家でも大黒柱として、とても頼りになる存在でした。その夫がいくらお世話になるからと言って、スタッフに〝ちゃん〟付けで呼ばれることは想像できない。

その後の施設での話し合いにより、全館一致で〝ちゃん〟付けをやめることになりましたと報告を受けた。しかし、「中には望まれるご家族もいらっしゃるとも聞いていますので、夫だけのことにしてくださればいいです」とお願いしたが、

「その方の今までの人生を尊敬し介護をさせていただくには、〝ちゃん〟付けをやめることはと

ても大切なことなのです。良い機会になりました」

と言われ、それからは〝さん〟と呼んでもらっている。

夫は認知症ではあるけれど、私にとってはとても大切な夫であることに何の変わりもない。そして、何より夫のプライドは守りたい。

二〇一四・三・一六 【結婚記念日】

三月一六日は私たち夫婦の結婚記念日。その記念日に夫とともに外食をしたいと思っていた。

昨年の記念日前から、それなりの食事環境のお店を探してみた。例えば、記念日らしい少しお洒落な食事ができること、全ての料理を最初から出していただけること、トイレの環境が整っていること、そして個室があり静かな環境で食事ができることなど、そうした条件がクリアできるお店を探したのだが、なかなか見つからなかった。結局、施設の夫の部屋で、二人でささやかなお祝いをした。

私が用意したお寿司やオードブルをたくさん食べてくれて、満足なお祝いができたので、それはそれで良かったと思っている。しかし、いつかは夫と一緒に、素敵な場所で素敵なお祝いの食事ができたらいいなと思っていた。

そして、今年の記念日は念願の外食ができることになった。

希望に合うお店が見つかったのだ。

昨年からの私の希望をスタッフは知っていて、それを叶えるための協力を申し出てくれた。そして、スタッフの付き添いのもと、今日の結婚記念日の外食が実現したのだ。大好きなビールとおいしい食事で、夢のようなひと時を過ごすことができた。

普段は食事をボロボロこぼすのに、今日はまったくこぼすことなく、ちょっぴり緊張気味のよそ行きの顔をして……。そんな様子を見ながら、こみ上げるものをグッとこらえた。

お正月に引き続きカッターシャツにネクタイでブレザーを着て……。本当にこんな時がやって来るなんて……。

願えば叶う！と信じたいが、どんなに強く願っても、夫の病気が治ることは絶対にない。そんな中でも、私たちの生活を少しでも豊かなものにしようと協力してくださるスタッフには感謝の気持ちでいっぱいだ。

いつかは家に連れて帰ると私はずっと思ってきた。でも、今、私は夫とともに家で暮らすことはできないと感じ始めている。連れて帰ることがお互いのため、特に夫のためにならないとわかってきたからだ。

連れて帰ったら、私は以前と同じように一生懸命、誠心誠意夫に尽くすと思う。それでも夫の不穏な時間が取り除かれることはないだろう。そのことに心底疲れ果てた先は……、目に見えている。

施設のスタッフのように、少し距離を置いて、余裕をもって見守ることも大切なのだと十分わかっている。どんなに夫のことを大切に思っていても、それだけでは夫が安心して暮らせる環境を作ってあげることはできない。だから、これからもこの施設でスタッフの協力を得ながら、私たちなりの充実した時間を過ごしていこうと思う。

来年の結婚記念日はどんな記念日にしようかしら♪

夫には明日という未来はない……。

そんな不安を打ち消しながら、一年先の未来にほんの少し希望を持ちたいと思う。

二〇一四・三・一七　［凶暴につき……］

「凶暴につき近寄らないでください！」

認知症になる前の夫に一番似合わない言葉だ。

しかし、今日の夫は……。

暖かったので外に連れ出し、少しドライブをと思い施設に行った。

暖かいとはいえ、外に出るため一応上着を着せ、施設の玄関を出て駐車場に向かったところで、夫が「寒いじゃないか！」と眉をへの字にして怒ったので、今日はあきらめユニットに帰った。

そして、外に出るために着せた上着を脱がせようとした瞬間、夫の感情の中のどこかにふれてしまったらしく、烈火のごとく怒りだした。

夫は（認知症の人の特徴なのかもしれないが）服を着る時は自分で腕を通したりするが、上着も下着も脱ぐという行為が苦手だ。下着を汚して着替える時も大体において不機嫌で、スタッフは毎日苦労している。

私が妻だということも忘れ（もともと忘れている？）、私に上着を投げつけて、

「何するんだ、バカ野郎！　いい加減にしろ！」

私はとっさに柱の陰に隠れた。

あまりにも酷（ひど）い現実に言葉も失った。

それでも、私は夫に満面の笑顔をプレゼントし続けた。

いつかその笑顔にこたえ、顔が和らいでくれるはずと信じて……。

それにしても、今の夫に私はどんなふうに映っているのだろう。

いくら認知症だからといって……

いくら記憶がなくなっているとはいえ……

いくら人格障害が出てくるとはいえ……

妻の私にこんな言葉を投げつけ、「凶暴につき……」と感じさせるなんて、何という残酷な病気なんだ。やさしかった夫を、こんな姿にしてしまうなんて。

認知症の家族を介護した経験のない人には、まったく理解されない現実だと思う
もともとその人自身にそういう傾向があり、理性で閉じ込めていたのが、認知症という病気のせいで表に出てきたのではないかという人もいるけれど、それは「絶対ない」と確信を持って言える。認知症になる前の夫を知っている人は、きっと私の考えに賛同してくれるはずだ。

万人に対するやさしい心を持っている夫を私は尊敬してきた。

でも、今日は心底夫に与えられた運命とやらを呪いたくなった。

施設を早々に切り上げて車に乗ると、久しぶりに涙があふれた。

二〇一四・三・一八　[認知症の世界]

認知症の人の世界って、いったいどんな世界なのだろう。

以前お世話になっていた老健の施設長に言われたことがある。こちらの世界ではなく、認知症の人の世界、ご主人の世界に入って行かないといけないと。

でも、私は認知症になったことがないので認知症の人の世界がわからない。そもそも認知症の世界を知っている人がいるのだろうか。

ガンや梗塞、心臓病等々、それを克服して生還した人たちがいる病気は、その病になった経験や気持ちを誰かに伝えることができる。でも、認知症になってそれを克服して生還した人を聞いたことがない。生還した人がいないということは、誰も認知症の人の世界を知らないはずだ。だから、その道の専門家はどうやって認知症の人の気持ちを知りえたのだろうと思う。

今は本人への告知も進んできており、自らが認知症であることをわかったうえで暮らしている方も多いと聞く。その方たちは、認知症になった自分の気持ちを最後まで伝えられるのだろうか。

それがもし可能ならば、私も夫の想い、願い、哀しみ、それらを知りたい。夫の世界を知ることができたら、私の持てる限りの知恵と力を結集して夫の希望を叶えてあげるのに……。

本当の気持ちがわからないので、いつも想像で接することになる。でも、それはあくまで想像でしかないので、時々大きく違っているのだろうと実感させられる。

それが昨日（二〇一四・三・一七「凶暴につき……」）の出来事につながったのだ。

家に入ったら上着は脱ぐのが当たり前という私の常識と、着たものは絶対脱ぎたくない！という夫の気持ちがうまくかみ合わなかっただけなのに、そのことで夫をとても不快にさせた。

「認知症の人の世界」。いったい、どんな世界なのだろう……。

二〇一四・四・九　［あっ！おかあさん］

「あっ、おかあさん！」

今日夫が、不穏の顔の途中でマジマジと私の顔を見て言った。

思わず苦笑した。

私はあなたのお母さんじゃないですけど……、と日常生活の中で何度も言った記憶が蘇った。

子どもが生まれてからは、夫や妻でありながら「お父さん」「お母さん」。

不思議だが、とても柔らかな響きだ。

そんなことを思いながら、「あっ、おかあさん！」に、「何？どうした？」と聞いてみた。

案の定、何の返事もなく……また眉をへの字にし、眉間にしわを寄せてどこかへ歩いて行った。

どうか神様仏様、夫から不安や不穏の感情を取り除いてくださいと、今まで何回、いや何千回お願いしたことか。だけど、夫の場合それはたぶん無理なのだろうとわかってきた。それでも夫は私を見て、一瞬で「おかあさん」とわかる。

「さっ！家に帰るよ」と立って行こうとする。

「何かわからん！」と今の気持ちを口に出す。

時々ではあるけれど、そんなことを言えるうちは夫との会話を楽しもうと思う。

二〇一四・四・一〇［おもしろ語録］

ユニットで夫とともに暮らしているおばあちゃまたちの、とても面白い会話を集めてみました。おばあちゃまとスタッフや私との会話です。


朝から晩まで一日中「飴ちょうだい！」とおっしゃるおばあちゃま。

「飴玉食べる？」

「飴玉って何？　ああ飴のことかぁ」

診察の順番待ちの時、

「順番ですから、少しお待ちくださいね」

「え？何？　私も年取ったから大きい声で言ってくれないとわからん。私も若い時はよく聞こえたんだけどね～。ハイ！」


「もう食べれないから片づけて」

「って……もう全部食べてありますよ～」

「銀行に行ったけどお金がない！」

「そうですか、銀行ですか……。今日は行ってないですけどね～」

「〇〇さん、休んでおられたので、おやつまだです」

それを聞いた他の二人のおばあちゃま、

「私もおやつちょうだい！」

「え～？　お二人とももう食べたじゃない」

「そうなの？　ふ～ん……」

「って、……年取って耳が遠くなったんじゃなかったのですかぁ？」

よく他の人の部屋の扉を開けて、その部屋の人がいても平気で入って行くおばあちゃま。

「ここはAさんの部屋じゃないですよ！」

「そんなことわかってる！　自分の部屋がどこかぐらい私は知ってる！」

日々楽しい会話が飛び交います。他人事だから笑って聞いていられます。

それぞれの在宅での暮らしを想像してみると、笑ってなんかいられなかったことでしょう。

私も介護家族ですからよ～くわかります。

ご本人も家族も皆大変な時を経て、今こうして施設でスタッフとともに、哀しくもありますが楽しい毎日を過ごされています。

またいつかパート2を書ける日がきっと来るでしょう

二〇一四・四・一六 【夫のこと】

久しぶりに施設長とじっくり話ができた。認知症の歴史、夫のことなど話してくださった。

夫を施設に入所させた頃、私は夫を早く楽にさせてあげたいと思っていた。苦しむ夫を見ていると、生きていることが残酷に思えてならなかったからだ。

私は毎日、できる限り夫を外に散歩に連れ出す。日光に当てたい、風に当てたい、背筋を伸ばしてうんと外の空気を吸ってほしい、風景を目に焼き付けてほしいなど、願いはいっぱいある
早く楽にさせてあげたいとずっと思っていたのに、今は人生の終焉を迎える前日まで、歩いていてほしい。毎日夫と歩いているうちに、そんなふうに私の気持ちが変わってきた。

そんなことを施設長にお話しした。

施設長曰く、

「若年性認知症で、ここまで心身ともに機能を維持されている方、私は初めてです。それは私たち施設ではなく、奥さんの力です。ちゃんと奥さんの顔を見ているし、ご主人はしっかり奥さんのことがわかっている、ご主人の目、しっかりしていらっしゃるんですよ。でも奥さんの力に

なれない自分もわかっていて、それがもどかしくて時々不穏になる。プライドもご主人の中にちゃんと存在している。すごいなと思いますよ」

そんなふうに話してくださった。

夫は若年性認知症という残酷な病気になり、どんなに悔しかったことだろう。そして守り通す覚悟で家族を作ったのに、その大切な家族を守り通せなかったことに、どんなに悔しい思いだろうか。

施設長が認知症に関わり始めた二十七年前、特別養護老人ホームを作るのに近隣地域に猛反対にあい、入所者を絶対施設の外に出さないという条件での船出だったそうだ。

今は地域の学校の子どもたちやボランティアなど、多くの人たちが施設を訪れ、入所者を楽しませてくれる。こんな時が訪れるまでに、長い長い歳月がかかっているということだ。

海外の認知症先進国のように、認知症の人が地域に受け入れられ、助けられながらその地域で暮らしていける時代は、たぶん夫の生きているうちに訪れることはないだろう。

三國連太郎主演の「朽ちた手押し車」という映画が公開されるそうだ。認知症と安楽死をテーマとしたこの映画が制作されたのは一九八四年。当時の時流や風潮に合わないとお蔵入りになっていたそうだ。三十年も前のことだから、まだ認知症が社会に受け入れられていなかったのだろう。

現在の子どもたちが老人と呼ばれる年齢になる頃、日本はどんな国になっていることだろうか。

どうか、やさしい国になっていてと願うばかりだ。

二〇一四・四・一七　［手続記憶］

私は夫にいろいろなことをしてもらっている。

先日、居室での夕食前のこと、おしぼりが配られてきた。そこで、まだ座らずに立っていた夫におしぼりを渡してみた。さてどうするか……。

私は携帯でビデオ撮影の準備をして行動を待った。

夫はそのおしぼりで部屋のテーブルを拭き始めた。隅から隅まできっちりと。それは夫の性格がそのまま表れたきちんとした拭き方だ。拭き終わりおしぼりを下にポイッと置くと……、背筋をピンと伸ばした。

夫に「終わったの？」と聞いてみた。

「うん」と答えた。

すごいね〜、やるね〜♪

私はこうしていろいろなことをしてみる。

日々そんな様子を見ながら、ふと「これを渡したらどうするだろう？」という好奇心が湧いてくる。

今日は苺（イチゴ）を渡してみた。お煎餅などだと、けっこう手の中でいつまでも持っていてつぶしてしまったり、忘れてしまったりするが、苺ならどうするだろうか。

おいしそうに食べた！

それも上品に一粒を三回に分けて……、私なら一口だよ〜。

いつもうまくいくわけではないが、そこは仕方がない。私の中の大成功の基準は食品＝口へ、おしぼり＝テーブルへ。普通の人の常識範囲ではなく、物事の一部分でもつながることだ。

夫がうまく乗ってくれて思った以上の反応があると、とてもうれしくて……まだまだ大丈夫！と思える。

二〇一四・四・二五　［看取り］

夫が入所している特養は看取りをしていない。

私はそれを夫が入所することが決まってから知った。特養＝看取りまでという私の単純な思い込みがあり、入所する前に確認をしなかった。

私がまだ周りに普通の精神状態と認められてない頃だったと思うから、そういった思い込みや確認不足もあったと思う。

では、最後の時をどう過ごすのだろうか、と不安に思い、相談員に尋ねた。体調が悪くなれば病院を紹介するとのこと。だからといって私の不安が取り除けたわけではないが、入所をお願いした。

入所後、夫がいるユニット内でも多くの方が病院へ移って行かれた。その度に不安になったけれどそれも仕方がないことで、その時はその時と思うようにしていた。

それが最近、「看取り」という言葉がスタッフの会話の中にあり、それを小耳に挟んで、「将来ぜひ看取りのできる施設になってほしい」と勝手に口を挟んだ。スタッフの一人が看取りができる施設にしていきたいと願っていると言ってくれて、とても前向きでとても感動した。

そう思っているスタッフがたくさんいたとしても、必ずしもできるわけではないだろうし、もちろん反対の意見のスタッフもいるだろう。けれど、それに向けて少しずつでも動いていけたらいいですねという話が出たことが、とてもうれしかった。

失礼な話だが、今まで私はスタッフが「看取り」に反対なのだと思っていた。素人の私にはわからないが、簡単に看取りと言うけれど、スタッフの負担は当然増えるはずだ。それでも、「病院でなく、家の代わりである施設で最期を迎えさせてあげたい」、そう言ってくれたスタッフの言葉に涙が出るほどうれしかった。

夫には間に合わないと思うけれど、いつか、いつか、施設で最後を迎えさせてあげられる時が来ることを願っている。

二〇一四・五・一九　［天にも昇る気持ち……］

今日の夕食時のことだ。いつも通り夫の部屋に夕食が運ばれてきて、いつも通り食事を始めた。

今の夫にとって、いちいち器を持ち変えることはストレスになるので、持ち替えるのは最後のデザートの時だけだ。ほぼ最初から最後までご飯茶碗を持たせ、様子を見ながら、タイミングを見計らってその茶碗の中におかずも入れる。

ご飯茶碗と箸を持たせ、「さぁ、ご飯だよ」と一口入れてあげると、後は自分で口に運び始める。途中でお茶碗を置いたので、その合間に「ビールだよ」とコップを手に持たせて唇に付けると、自分で飲み始める。そして……ひと言、

「おいしい！」

何、何？　おいしい？　すごいすごい！もう一度言って！

施設でビールを飲むようになって、「おいしい？」という私の問いかけに「うん！」と答えてくれたりくれなかったり……。ビールを飲んで夫の気分は少しは良いのだろうか？と疑問になったりしていたところだった。

たった四文字。されど四文字。

この「おいしい」の四文字は、私にとってとても価値のある貴重な四文字で、あなたの妻は天にも昇るほどうれしくなるのだ。妻を喜ばせるのなんて本当に簡単なのよ。

だから……ねっ！　いつかもう一度聞かせてね。

めったにない良い瞬間に出あった時、今まで何度思ったことか、「ビデオに撮れば良かった……」と。

今日の出来事もそうだ。今度は絶対ビデオに撮るわ。

二〇一四・五・二二 [ソファにて]

今日施設に行くとスタッフが、「奥さん!見てください」と夫の自室に。

「あら〜!」

夫は自室のソファで、枕代わりに自分の腕を頭の下で組み、眠っていた。正確には寝転んでいた。

お昼に行った時、昼食後もう眠い様子ではあった。三時のおやつを自室で食べ、その後にスタッフが見に行くと、もうソファで寝ていたそうだ。ソファの背にもたれて寝ていることは時々あるが、横になっていたのは初めてだ。

パットも代えなくてはいけない時間なので、どうしようかと迷ったが、あまりにも自然な姿にそのまま様子を見ていたら、ずっとこのまま動く気配がなくて……とのこと。それから私が来る四時半まで、ずっとソファで横になっていたということだ。

私が見に行った時、夫の目はしっかり開いていた。くつろいだ、とても穏やかな顔をして、私を見て笑った。そして、ジッと見つめてからしばらくすると、

「お母さん、行く?」

どこへ行くのかは知らないけれど、とりあえず「いいよ!」と答えてみたが別に起き上がる素

振りはない。私はとてもうれしくなった
　その姿は、何だか家にいるようで、本当にやさしい夫の顔そのものだった。この病気にならず家で暮らしていたら、きっと自宅のソファでこうしてくつろいでいたと思う。それを思い出させてくれた。
　病気の進行とともに、「まったり、ゆっくりくつろぐ」は、もう死語になっていた。不穏、徘徊（いつまでたってもこの言葉好きになれない）、そんな日常で、ゆっくり過ごすことができるのはたぶん、車椅子になって自分では動けなくなった頃かと思っていた。夫の中で、施設が心からくつろげる場所になったのではないだろうか。それは、私にとってほんの少し寂しい部分もある。だが、夫のためにはそうあることが一番望ましいことだと思う。
　ちょっとしたしぐさや、言葉や笑顔で、周りをこんなに楽しませることができる。だ・か・ら、もったいぶらないで毎日でもいいのよ。

二〇一四・五・二三　［おやすみ］
　今日はお昼休みも、帰りも、施設に行かなかった。
　何も用事がないのに行かなかったのはいつ以来だろう……。家に帰っても一人なので、何かやらなければいけないことがあるわけではない。誰かのためにと食事の支度もしなくていい。
　だから、いつも夫の顔を見に行っているのだけれど、昨日の顔があまりにも素敵で今日も笑顔で出迎えてくれる……な〜んて保証はまったくない。認知症なんて病気は嘘だったかのような昨日の何とも言えない「普通」の笑顔が忘れがたく、今日、会いに行って打ちのめされるのが少々怖くもあった。それで、たまには夫に会うのをおやすみにして、仕事を終えそのまま帰宅した。

玄関に入る前に、プランターのしおれた花に目が止まり、水をやって家に入った。

すぐにお風呂のスイッチを入れ、冷蔵庫にあった野菜をかき集め、冷凍庫の豚肉を解凍し、回鍋肉（ホイコーロー）もどきの野菜炒めを作ってみた。ついでに冷凍食品の野菜海鮮ミックスを温サラダにしたそしてそして、何年ぶりになるだろうか味噌汁も作り、とても豪華な一人ディナーとなった。

こんな日もいいか。

二〇一四・六・二［SOS］

孫が入院した。息子からのSOS。日頃夫のことに気をとられ、なかなか子どもたちの力になれていないと常々感じているので、こんな時こそおばあちゃんとして協力は惜しまない。

急なことに、ママも家のことや、まだいろいろと手をかけなくてはいけない小学三年生の上の子の世話で手いっぱいなので、付き添いを交代して病室に。幸い数日の入院で済みそうなので、とりあえずは一安心。

夫が認知症になった時、子どもたちはまだ独身だった。その後子どもたちは結婚し、それぞれ二人の子どもに恵まれた。

いつも思うが、それぞれの出産や子育ての大変な時期に、夫のことがあったり、私自身仕事を持っているために、母として全力で協力してやれないことをいつも心苦しく思っている。

親が若くして認知症になるということは、子どもたちがSOSを発信したくても、私にそれを受け止める余裕が十分にないということ。近くに暮らしているにもかかわらず、子どもたちはとても大変な状況を、それぞれで乗り越えなくてはいけない。

子煩悩だった夫のこと、元気だったら可愛い孫たちのために寝食を惜しまず協力したと思うと、とても悔しく残念でならない。何を言っても仕方がないことだが……。

せめて、そんないろいろな状況が、子どもたちや孫たちの今後の人生に何かしらプラスになることがあってほしいと願っている。

二〇一四・六・六　［中越地震］

二〇〇四年一〇月二三日、新潟県中越地震が発生した。私たち夫婦はその日、ツアーで神奈川方面に旅行をしていた。ホテルは一家族に一軒という別荘タイプで、部屋に入りテレビをつけると、新潟で大きな地震が発生したというニュースが流れた。テレビに映し出されるその被害に、私たちは大きな衝撃を受け、言葉を失った。

この旅行のことを今日急に思い出したというよりも、私はこの旅行のことを、ずっと鮮明に覚えていて、時々ふと思い出す。

そのホテルは、いくつかの部屋とトイレと小さなキッチンが付いていたが、お風呂と食事はフロントのある本館に行くのだ。

当然、男女別々のお風呂で、私は夫が脱衣所で自分の着替えを置いた場所を覚えているか、気が気ではなかった。とはいえ、どんなに心配しても男性のお風呂に入って行くわけにもいかず、入り口近くでヤキモキしながら夫が出てくるのを待っていた。もちろん初めて来たホテルの部屋に一人で帰ってくることなど無理な状況になっていた。しばらくすると夫が出てきたので、下着をチェックすると、自分のものを着ていたのでほっとした。

そんなことがあったので、その日のことを鮮明に覚えている。

あれから十年。よく考えてみると、十年前には既に夫の認知症はある程度進行していた。日頃から着替えがわかりにくくなっていたし、ホテルの部屋にも一人で戻って来られなかった。そう思うと今の夫の様子は、以前に施設長が言われたように、よく機能が維持されている方なのかもしれない。

今日も元気に不穏の顔で出迎えてくれた。だけど、なんだかんだと三〇分ほどすると満面の笑顔に変わって、めでたし、めでたし。

二〇一四・六・一〇　[認知症サポート]

昨日のNHKテレビで認知症が取り上げられていた。スコットランドにはリンクワーカーというものがあるそうだ。一人のワーカーに相談すれば、リンクされているいろいろな分野のプロとつながっていき、認知症の方をサポートする。そんな仕組みのようだ。

私は以前からずっと思ってきたことがある。

夫が認知症と診断された時、診断した医師以外誰かが私の相談に乗ってくれることはなかった。当時の認知症を取り巻く環境はそのレベルだったと理解しているが、認知症を診断するのは医師だけれど、家での私たちの暮らしや今後の生活、障害年金を含む金銭的なことなど、その他のことは、こちらがあちこち探しまわって相談に行かなければならない。

そうではなくて、認知症と診断された瞬間から誰かが専門に私たちに寄り添い、受け止め、相談に乗り、見守り、導いてくれる。そんな仕組みになっていたら、もう少し楽に生きてこられたと思う。

世界のどこかの国でできていることが、こんなに豊かな先進国の日本でできないとは思えない。日本の政治家さんにぜひお願いしたい。

私たち国民は、自分の政党の得票数を増やすことに躍起になっている政治家にうんざりしている。どうか、本当の本当の現実を見てほしい。これは認知症だけの問題ではないのだ。

二〇一四・六・一一　［ただいま］

「ただいま！」

夫の施設に行くと、それが私の最初のあいさつだ。

夫だけでなく入所されている皆さんに声を掛けていく。

それが朝でも昼でも夜でも、平日も休日も同じく「ただいま」。施設の夫の部屋を「我が家」だと思うことにしているからだ。そのあいさつに、夫が「お帰り」と言ってくれることはもうないが、老健でも特養でもずっとそうしている。

今日も夫はフロアのソファに座っていた。

「ただいま」

「あ〜」

そう言って笑顔で迎えてくれた。妻が仕事から帰って来たんだ！の「あ〜」ではないであろうことはよく承知している。でも、今はそう声を出して言ってくれるだけで十分だ。

ソファから動こうとしない夫をスタッフの手を借りて何とか立たせ、雨がほんの少しぱらついていたが外に出た。雨も体で感じてほしいから。

歩かなくなる！歩けなくなる！という不安を少しでも払拭したくて毎日のお散歩タイム、それがどれほどの効果があるかは疑問だけれど、一緒に歩けることに感謝しながら歩いている。

そして、夕食が終わり帰る時の私のあいさつも決まっていて、

「じゃ行ってくるね」

「そう？」

「だから少し待っていてね」

「ここで?」

これが大体において夫が返してくれる言葉だ。

すごい。たった一言でもいい、いつまでも会話しましょ。

二〇一四・七・四 【会話】

いろいろなことを良いことに考え、ブログに書き残していることも多い。

その一つが夫の言葉だ。実際、今の夫の言葉は理解できないことの方が多い。そんな時、私の脳の中の聞く力と想像力を駆使し、夫の会話を聞き取る。しかし時折、そんな必要もないほどはっきりとした言葉を話す。

先日、お天気も良かったので恒例のお散歩をした。

施設内にいるとあまり太陽を浴びないので、ピッカピカの太陽の日は少しでも日を浴びるようにしている。

手をつなぎ散歩していると、夫でなく私に太陽が降り注いでいたので、私が反対側に行き、手をつなぎなおした。

その瞬間、「え? こっちじゃないの?」と、はっきりとした言葉で言ったのだ。

お～!すごいじゃない。ちゃんと状況がわかっていて、はっきりとした言葉でそれを言うなんて、すごく感動的だった。

最近の様子をスタッフが話してくれた。私はそんな時間をとても大切にしている。

毎日施設に行っているとはいえ、ほんの数時間では一日の様子はなかなかわからないのが認知症なので、話の内容が良いことでも悪いことでも（いや〜、やっぱり良いことの方がうれしいか）声を掛けていただき、様子を話してもらうことはとてもうれしい。

日頃から話をすることで、スタッフの介護に対する考え方、入所者に対する思い、家族に思うことなど感じられるものがあるからだ。本人の気持ちをスタッフと家族でお互い想像し、共有し、それに寄り添おうと努力できるし、家族の思いも伝えられる。

認知症はそんなに長くない期間で状況が変わっていく。一年、半年、三カ月、一カ月、一週間……。一年前に決めたことが今は合わなくて、他の方法を考えなくてはならない状況になることも少なくない。だからこそ、常に話をすることが大切になってくる。

何よりスタッフとの会話は楽しいし、いくらはっ

きりしない言葉であっても、夫との会話はとても楽しい。人と人は会話がいかに大切かと思う。お互いに伝え合うとそれが倍になる。

伝え合って、そこから信頼だったり思やりだったりが生まれていく。

大切にすべきことは、会話から生まれる信頼かな～、なんて。何はともあれ、夫がまだたくさんの言葉を持っていることがとてもうれしい。

二〇一四・七・六 【お風呂】

今日午前中に施設に行くと、「午後からお風呂ですよ」とスタッフが言ってくれた。お昼ご飯を済ませ、自宅で用事があったのでいったん帰宅し、午後また出直して入浴の様子を見学した。以前にも入浴の様子は見ているが、最近お風呂から上がるのが大変らしく、どんな様子か見に行った。

お風呂に入る時は自分で浴槽をまたぎ、すっと入っていく。前回の時もそうであったが、お風呂から出るという行動につながらない。顔は真っ赤になってくるし、のぼせたりしたらいけないのでずっとお風呂にいるわけにいかない。考えたあげく、いったんお湯を抜き、三人がかりで上げた。

今日は、なんだかんだと上手にお風呂から上がるように仕向けてくれて、自分でお風呂から出ることができた。

いくら痩せているとはいえ、身長の高い夫の入浴介助は重労働だろうと思うが、スタッフは嫌な顔をせず、楽しんでいるようにさえ見える。ありがたいな~と心から思う。

夫は、自分の気分に合わない時にいろいろな動作が加わると、途端にご機嫌が悪くなる。トイレ、お風呂、着替え、立ったり座ったり……。スタッフはいつも様子を見ながら、決して無理強いはせず、根気よく仕向けてくれる。

今日もお風呂に入っている間、良い顔は見せてくれなかったが、お風呂から上がり、部屋でカルピスとおやつをいただき、すっきりとした柔らかな笑顔に変わった。

良かったね!

二〇一四・七・一二 [若年性認知症家族会]

何年前だろう? 四年ぐらい前だろうか、一度行ったことがある若年性認知症家族会。私の精神状態が最悪だった頃だ。その時は、「ここで私の心は救われない」と感じて、それから行っていなかった。家から一時間近くかかる距離も、私が家族会に行けなかった要因の一つであった。もう少し近ければ行っていたかもしれない。

今はもう在宅介護ではないので行っても仕方ないとは思いながら、いろいろお尋ねしたいことがあり、意を決して出席した。夫が施設入所しても、考えることや悲しい出来事、どう理解したらよいかわからないことがなくなるわけではなく、そんなことも諸先輩方にお聞きしたくて一大決心（大げさな……）をして出掛けた。

しかし、今日は「すいか割り」行事の日ということで、残念ながら私の目的を達成することはできなかったが、隣りや前の席、その周りの方々が話しかけてくださった。

隣りに座られた方は、現在要介護3の五十歳の奥さまを自宅介護されているご主人。その他に奥さまを介護されているご主人が三人、旦那様を介護されている奥さまが三人、ほぼ全員五十代と思われる。ほかにも、今は施設入所されている旦那様を介護されている奥さまが三人。皆さん、本当にいろいろなことが起き、そのたびに苦悩されて生活されていて、そんな方たちとたくさんの話ができた。

お父様亡き後、認知症を発症されたお母様（五十代か）を介護されている二十代と思われる若い息子さんもいた。先日テレビで報道されていた「若年介護者」だ。

その若い彼が奥さまを介護されている男性と二人でギターを弾き、歌を歌われた。ギターも買い、今日が若き彼のデビューだそうだ。彼はちょうど父親の年齢にあたる男性にギターを教わりながら、これから別の場所でもお披露目されるそうだ。今日は彼のお母さんの好きな曲を披露され、もう状況的には病状はずいぶん進まれているそのお母様が、途中から泣き出された。

その様子にとても感動した。

その時の私の気持ちを言葉で説明するのは難しい。特に若い彼の今の状況を考えると、とても心が痛む。でも、これからギターを通して、親子のような二人が、ほっと心が休まる時間を作って行かれることだろう。心から応援したい。

多くのプロの方の助けもあり、皆今日この時間を大いに楽しまれているように感じられ、私にはこういう時間がなかったなぁ～と思った。

会に参加したそもそもの目的は達せられなかったけれど、いろいろ感じることがあり、今日は大いに勉強になった。

一番強く感じたのは、私が以前に会を訪れた頃は、年齢層が高くて若年という感じがなく、私だけ異色?と思えたが、今日は若年性認知症家族会にピッタリの年齢層。大げさだが、数年で時代の流れを感じ、若年性認知症患者の方が増えていることを感じた。

今のこの家族会なら、参加して一時（いっとき）でも気持ちを解放し、いろいろな話を共有できる。辛いのは自分だけではないと思える。それがこういった会の存在する意味だと思える良い家族会になっていた。

私たちが今まで通って来た道のりを聞かれ、デイ、小規模、病院、老健、ショート、特養という経歴を話すと、「たくさん経験されたのですね」と言われ、改めて私たち夫婦が歩んできた道を振り返ることができた。

今の私たち夫婦がこうしてあるのは、今まで関わってくださった多くの方の導きだということを改めて実感した。

ただ、もう施設に入所した今の私には必要な居場所ではないと感じた。それはありがたいことに、私たちの居場所が今の特養で確立されたということである。

この会が、ますます若年性認知症患者と家族のより所になることを、心から願う。

若年性認知症患者と家族が、少しでも救われますように

二〇一四・七・一三 【そして】

昨日、家族会に行ったけれど、結局自分の問題は解決できなかったので、自分で何とか解決の糸口を探さなくてはならない。

悩みながら迷いながら、自分でその糸口を探すことにしか解決策はないと思うので、今日一つの糸口を探すべくスタッフと話をした。

その一つ、夫の食事のこと。

以前に書いたが、夫は今の施設に来てから二〇キロ近く体重が増えた。夫の人生で最大値だ。ズボンがすべて入らなくなったこともあるが、何より今まで経験したことのない体重は今の夫に負担ではないかと思い、若いからと他の方より少し多くしていただいていたご飯の量を、少し前から通常にしてもらっていた。

でも……、周りの方たちを毎日見ていると、年齢が高いということもあるが、多くの方が少しずつ食べられなくなってきている。そんな現状を見ると、迷いが出てきた。

夫もいずれ食べられなくなる時が来るのだろうか。

そうならば、今食事量を減らさなくても、食べられる間は制限しないで食べさせてあげた方がいいのではないか。食事量を減らしたことで不穏の時間が増えたわけではないが、何かを制限して二十年生きるより、おいしく食べられるうちに食事を楽しんで十年生きる方が良いと思えてきたので、やはり食べさせてあげたいという思いを伝えた。

本当に、家族の心はころころ変わる。申しわけないと思うが、やってみてわかることも多いので、そこは許してもらいたい。

病気になっていない人が病気にならないように気を付けるのは意味のあることだと思うけれど、もう病気を発症して、なおかつ治らないということを宣告された夫には、やはり穏やかに暮らせることを最優先にしたい。

夫が家にいた頃の食事量をスタッフに聞かれた。ご飯は少な目だったが、おかずの量はとても多く、それをつまみにいつもビールを飲んでいた。それでも結婚して以来、体重の増減はまったくなかった。

スタッフの考えも私と同じで、やはり穏やかな生活を優先し、

「では、これからご飯の量は少し減らして、おかずの量を少し増やしてみましょう」

ということになった

それにしても夫に対する私の思いをよく汲み取り、寄り添ってくれる素晴らしいスタッフにめぐり会えたことに、心から感謝している。こういった素敵なスタッフに夫の介護を託せることが

できるのはとても幸せなことだと、彼女を見ていていつも感じる。

ところで、今日の夕食時のこと。何を勘違いしたのか、食事の途中ビールを飲ませたら、それを口に含み、何と歯磨き後にする〝ブクブク〟を始めたのだ。

いや！いや！　あなたそれはビールですよ！

とは言ってみても、今の夫は、「そうか、そうだった！　じゃあ飲むわ」ということはないので、慌ててちょうど空いたお茶碗に〝ブクブク、ペッ！〟とさせた。

アルコール消毒できて良かったね。

二〇一四・七・一八【縁】

以前お世話になったスタッフが久しぶりに夫に会いに来てくださった。夫が今の施設のショートに初めて来た日、「ご主人の担当になります」と挨拶された。私の心はまだまだ乱れていて、何かを受け入れる、誰かを受け入れる、そんな状態ではない頃だ。彼女は若いのにとても穏やかな、やさしい顔をされて、私と夫に話しかけ、いろいろ説明してくれた。おかげで施設に来て数時間で、少し気持ちが和らいだ感覚になったことを覚えている。

初めての若年性認知症患者で、しかも男性だ。

彼女たちスタッフの苦労はいかばかりだったかと思う。

それでも、いつもいつもやさしかった。そのショートで半年お世話になり、特養に移った。

この最初の出会いがあったから、今の私がある。

そんな彼女が、二人目の出産を機に施設を去られた。彼女のような介護士が施設を辞めることはとても残念に思うが、長い人生を過ごすために選択された道を心から応援したいと思った。以前とまったく変わらない彼女に会えて、本当にうれしかった。近いうちに介護の仕事に復帰したいとのこと。結婚、子育てを経験し、ますます素敵な介護をされることでしょう。

人の縁というものは本当に不思議なものだ。彼女のように素敵な介護士にもたくさんめぐり会えた。今もたくさんの素敵なスタッフに介護を受けている。夫が認知症になってから知り合ったたくさんの人たちがいる。

夫のおかげで、夫の認知症を通して知り合い、これからもずっとつき合っていきたいと、心から思える人にもめぐり会った。この世を生きることを捨てていた私は、周りの人たちにたくさん嫌なことを言ってきたと思う。それでも支え続けてきてくれた人たちばかりだ。

夫が認知症になる前から、ずっと縁あって私の周りにいてくれる人たちと、夫が認知症になってから知り合えた人たちと、私は人の倍の縁をいただけた気がする。

この「縁」を、これからも大切にしたいと心から思う。

二〇一四・八・一 ［そうなの？］

部屋のソファに座り、二人でくつろいでいる途中で夫が私の顔を見て言った。

「そうなの?　そうなんだ……」

そう言って、にっこり笑った。

その前後の様子からも、夫の頭の中に何が浮かんでその言葉につながったのか、とても不思議だった。不思議だったけれど、

「そうだよ」と答えた。

その後もずっと良い顔が続いていた。

夫の脳の中を覗き見ることができたら、もっと会話のボールを受け止めてあげられるのに。

でも、自分の脳の中を人に覗き見られたら……やっぱり嫌よね。

二〇一四・八・三　【輝き】

夫が今の施設のショートに入所した時に、大変お世話になった看護師さんがいる。介護者である私の気持ちをよく理解し、寄り添い続けてくれた。彼女の前で何度も涙を流した。
その彼女の息子さんはダウン症で、今は仕事から離れていろいろな資格を取り、会を立ち上げて精力的に活動している。
その会の写真展が近くで開催され夫を連れて行った。とても久しぶりに会った夫を見て、「全然変わってな～い!」と言ってくれた
顔の表情が変わってない!と言われることは、この数年の間、ずいぶん進行したと感じている

私にとってはとてもうれしい言葉だ。

彼女も今に至るまでたくさん悩み、たくさん泣き、いろいろな理不尽に心が折れ気持ちが落ち込んだりしてきたと思う。

けれど今、多くの仲間たちと一歩ずつ希望や夢に向かって歩み続ける彼女は、とてもとても輝いて見えた。その写真に写るダウン症の子どもたちの天使のような笑顔と、その子どもたちに心からありがとうと言えるご両親たち。普通に暮らす家族がついついい忘れてしまう、

「生まれてきてくれてありがとう」

それを思い出させてくれる、とても素晴らしい写真展だった。

そして、特養に入所してから素晴らしい介護力で私たち夫婦を支えてくれたもう一人の方ともこの写真展で会うことができた。

彼女も夫を見るなり、「全然変わってない。凄〜い！」と言ってくれた。

彼女も今は他の施設で、素晴らしい介護力と介護に対する熱い思いを発揮して、日々介護が必要な人たちのために頑張っている。

その彼女も、今もう一歩前に羽ばたこうとしていた（私の大好きな大都会へ）。

とてもキラキラと輝いた目をして、彼女の前に広がる大いなる夢に向かって歩みを止めることなく進もうとしている。そんな二人に私は感謝と、そして心からのエールを送りたい。

二〇一四・八・五　［喫茶室のオープン］

施設で開催される最大の行事である「夏祭り」が、突然中止になった。

その代わりにということで、この二日間コミュニティースペースで喫茶室が開かれ、ご招待を受け参加してきた。

施設に入所したころは、休日になると近くの公園内にある喫茶店へ行き、一〇時のおやつ代わりにたびたびモーニングを食べていた。まだまだそういうことができていた。今となってはとても懐かしい出来事になっているが、二日間限定の喫茶室オープンでその記憶が蘇った。

臨時喫茶店のテーブルにはお花とメニュー、そしてスティックシュガー、おつまみ・お菓子などが用意されていた。私たちはお気に入りの丸いテーブルに場所を決め、夫はアイスコーヒーに小倉トースト、スイカのデザートにお菓子、そしてそうめんを注文した。

そして……なんと奇跡が起きた。

左手にコーヒー、右手に小倉トーストを持たせてみると、それはそれは上手に自分の意志でトーストを口に運び、コーヒーを飲んだ。

まだまだ大丈夫！……。

そう思わせてくれた出来事だった。昨日はスイカの皮の部分まで食べてしまったそうだけれど。

何だか、またあの公園内の喫茶店に連れて行きたくなった。近未来の夢にしよう。

二〇一四・八・二三　［すごい！］

今日はお休みなので九時頃に施設に行き、ランチタイムまでの時間を一緒に過ごした。とてもとてもご機嫌でランチタイムを迎えた。

いつものようにお箸とお茶碗を持たせて口に持っていくと、自分で食べ始めた。途中でお茶碗を落としそうになり、

「おっと危ない！」と言って、すぐに持ち替えた。

その瞬間、顔を見合って二人で笑った。

ご機嫌が良い時は、という条件付きではあるが、状況判断が的確にでき、その意思を表現できるのだと心からそう思えた。

発する言葉のタイミングが絶妙で、「すごいね！」と拍手喝采したい気分だった。

たまたま出た言葉とはとても思えない、そんな時は、とてもうれしい。

今まで講演会などを聴きに行くと、専門の先生方は、認知症になっても最後まで意思があり、こちらの言うことがわかっていると言われた。うんうんと聞いてはいたし、それを一番信じていたい私だったたし、介護現場の人たちにも、そう接してほしいと願ってきた。

でもとめどなく進んでいく認知症の症状に、認知症の人が重度になっても意思があると信じ続けることができなくなることも度々で、その意思を表現できたとしても、それはたまたま運よく

そういう表現になったというのが本当のところではないかと、心のどこかで思っていた。だけどやっぱり、認知症が重度になっても最後まで意思があり、それを表現する能力があると信じていこう、と思えた今日の出来事だった。

いつもいつも、今日のように声をあげて笑い、笑顔満開で過ごせると良いのだけれど……。でも、それでは感動も少ないかもね！

二〇一四・八・三一　【お願いごと】

施設の相談員と今後のことについて話し合った。

私は施設との関わり方に一定のルールを決めている。面会時間は施設の設定時間を守る。施設外でのことは極力私自身でする。自宅介護を続けていたら、ありえない自由な時間をいただけているのだから、できることは自分ですることにしている。

どこの施設もそうだが、夫の施設もご多分に漏れず職員不足だ。毎日施設に通っていてスタッフの大変さがよくわかる。一人の入所者のために一人のスタッフが抜けると、そのために残ったスタッフへの負担が当然増える。一人の人間ができる限界はあるわけで、そのしわ寄せは当然入所者に向かうことになる。

それで他の方に何かあったらとても申しわけなく、出掛けたい場所や、やってみたいことがあっても私ができる範囲にとどめるようにしている。

いつか外泊もさせたいとずっと思ってきたが、バリアフリーにはほど遠い我が家には連れて帰る自信がなく、いつか夫が車椅子になって自分では自由勝手に動けなくなったら、ゆっくり連れて来ようと考えるようになっていた。

でも、それってやっぱり何か違うなと思うが、私一人では解決は難しく、もう半ばあきらめていた。

だけど歩けるうちに、自分で食べることができるうちに、会話にならなくても自分で言葉というものを発することができるうちにこそ、自宅に帰る意味があるとずっと思い続けてきた。なのにそれをしないまま、あとになって後悔するようなことは、その後の私の人生にも影響を及ぼす気がしてきた。

「思うこと、願うことは全部やってきた！」と思える人生にしていきたいと思い、相談員にそんな話をしてみた。

「夫さんの希望にスタッフが応え、それに奥さんがついてくる。そんなふうに思われたらどうですか？　そうすれば少しは気持ちが楽になりませんか？　夫さんは自分の希望を言えないぶん、奥さんが代弁者となって私たちスタッフに伝える。スタッフは、夫さんが望んでいるであろうことに寄り添い、喜んでくださることにとても喜びを感じ、それが仕事への自信にもなると思いますよ」

そう言って私のお願いことを快諾してもらえた。そのために近いうちにスタッフを集め、話し合いの場を持つことになった。私の希望に、前向きに取り組んでもらえるようだ。本当に感謝いっぱいだ。人生を切り開くのは自分自身でしかない、そう思った。

さーて、何からしようかしら。

夫の誕生日頃の外泊かしら、それとも良い季節になったら公園のベンチでお弁当を食べようかしら。それともそれとも……。

考えているだけで、とっても楽しみ。

二〇一四・九・五　【娘】

母親にとって娘の存在は格別で、夫が発病する前はよく二人で出掛けた。娘がいたおかげで女性同士とても楽しく過ごしてこられた。

夫を病院に連れて行くよう背中を押してくれたのも娘だった。

「やっぱりおかしいよ。病院に行った方がいいよ！」

「でも五年前に病院に行って認知症じゃないと言われたし……」

と言ってみたものの、私も、今病院に受診に行けば認知症の診断が下るだろうとわかっていた。でも、このまま過ごせば「認知症じゃない」ということにならないだろうかと、心のどこかで思っていた。

それでも行かなきゃ！と意を決し、病院に行くと即日認知症の診断が下った。

それから娘にはたくさん協力してもらった。自分一人でやってきたように書いてきたが、決してそうではない。娘が結婚し子どもができるまでは、よく夫のことに関わってくれた。夫はデイサービスに行きたくないようで、

「お母さん（私のこと）が仕事から帰るまで娘のところにいる」と毎日言っていた。たぶん娘に頼めば「いいよ！」と言ってくれたと思うが、母としてそれは絶対避けたいことだった。デイの方たちでさえ手を焼く、いつどう変わるかわからない夫のご機嫌。そんな危険な夫を身重の娘に預けることは絶対できないと思い、無理やりデイに連れて行っていた。やはり娘の体の方が大切だから……。

息子と娘それぞれの人生にも大きく関わってきた「父親の認知症」。どうやっても避けることのできない現実ではあるけれど、子どもたちそれぞれが気負いなく、それでいて揺らぐことのない、しっかりとした芯を持って接してきてくれたおかげで、今こうして生きていられる私たち夫婦なのだ。

二〇一四・九・一〇 【怪我をした】

夫が居室で怪我をしていた、と今朝連絡があった。

いつ怪我をしたのかは不明で、朝、当直が部屋を見に行ったら額から血を流していたらしい。怪我をしてから、いったいどれほどの時間が経過したのか……。

念のため、病院でCTを撮り脳に異常がないか検査を受けた。現時点では「異常なし」ということで一安心、「今後何か出る可能性がゼロではないですが、たぶん大丈夫でしょう」とのことだった。看護師、介護士、相談員、施設長よりお詫びの言葉をいただいた。

私が施設に行くと、夫はよく居室にいる。その入り口の扉はいつも閉められている。居室に一人でいる時はたぶん不穏の時で、静かな環境に一人でしばらくいることで不穏状態から脱するのだと思う。

それはそれで私も納得できる。夫を見ていると、そんな時もきっと必要だと思う。しかし、歩くことができる夫を扉を閉めて中に入れておけば、今日のようなことが起きるのは、当然考えられた。

夫は歩くことはできるけれど、自分の意志で部屋に入ることも、また部屋から出ることもできない。部屋にあるベッドやテレビ、タンスやテーブル、ソファにつまずいたり頭をぶつけたりしないよう、「気を付けないといけない」という考えはまったくない。残されている脳の機能のどこかで、たまたま「ここから出たい！」と思っても出ることができない。

夫が自分の居室を居室として理解し、一人でくつろぎたいと口に出さなくとも思える状態なら別だが、足や手の機能が残っているが故に夫を部屋に入れドアを閉めるという行為が果して正しいのかと、ずっと疑問があった。スタッフは、中でどんなことが起きているのか心配ではないのかと思っていたので、私が帰る時は居室の扉を開けてきた。

そして、今日良い機会なのでその疑問をぶつけてみた。

すると、「閉めてくださいと言われる方もおられる」とのこと。

特に女性で、まだ認知機能がはっきりしておられる方などは、もちろんそうでしょう。施設であってもプライバシーは大切なものです。だけど、

「夫はもうとっくにそういう状態ではないと思いますがどうでしょうか?」

と聞いたところ、スタッフもそれは同感だった。

私は介護保険法の内容に精通しているわけではないし、介護施設のあり方も決まりごともわかっているわけではない。だけど、どんな決まりごとも、それを踏まえた上でその人に合わせた柔軟な介護をしていく必要があると思う……。

とにかく夫に限り居室に入れる時は、扉を一センチでも二センチでもいいから開けておいて、わざわざ見に行くという行為をしなくても、スタッフが通りがかりに確認できるようにしてもらえないか。そうすれば、たとえ倒れていても早く気づくことができる。

「ご家族様の要望として、その方向で検討してみます」とのこと。

ハイ、家族の要望です! 重度の認知症患者の夫の安全確保、よろしくお願いします!

二〇一四・九・一二 【泣けました】

夫は身長が高いので、見た目でわかるほど足も長い。

施設から帰ろうとエレベーターの方に歩いていくと、ショートに入所中の車椅子のおばあちゃまが話しかけてきた。

八十代ぐらいかもっと年長かもしれないその方は、日頃、夫のことを「足長おじさん」と呼んでいる。そのおばあちゃま、エレベーターの前の私を見つけ、「あんた足長おじさんの奥さんだよね」と言われた。

私はショートにはそんなに行かないので、数回しかお話ししていない私のことを「足長おじさんの奥さん」と認識して話しかけてきたことにまずビックリした。食後で今散歩していると言われるそのおばあちゃまが、「私はね、足長おじさんのこと大好きだよ！　本当に大好き！」と言って、私の手をギュッと握った。私は思わず涙があふれてきた。

夫に限らず、不穏満載の入所者の方は他にもたくさんいらっしゃる。その方を相手に「〇〇さんが何と言おうと、私は〇〇さんのこと大好きだよ」とスタッフが言っているのは時々聞く。それはそれでとても心打たれ、他人事でもとてもうれしい。

だけど、それとは違い、同じように入所中の少なからず認知症も患っておられそうなその方に、こんな言葉を言っていただいた。何のかけ引きもなく、純粋に思っていることそのままにという感じが、頑なな私の心を溶かした。

夫は若くて背が高く、そしてよく怒って歩いている。その夫を見たら、小柄なおばあちゃまや車椅子の方などは威圧感いっぱいで怖いだろうと思う。

それなのに「大好きだよ」って！

今までに感じたことのない感覚で純粋にうれしくて……。

「ありがとうございます。とてもうれしいです」と言って別れた。

長く生きてきて、様々な雑念いっぱいで、純粋さのかけらもなく生きている私の心が、認知症の人の純粋な言葉に救われた。

二〇一四・九・一三 ［千客万来］

今日は夫にとってにぎやかな一日だった。

本家の兄嫁が、夫の大好きなビールを手土産に会いに来てくれた。

夫の兄はすでに亡くなっている。兄嫁は施設に夫に会いに来るたびに、兄弟の中で夫のことを一番頼りにしていた、男兄弟は夫しかいないし、本当に誰からも好かれる良い人で、年も一番若く、この先ずっと頼りにできる存在だと思っていた。それなのに、私より先にこんなことになってしまうなんて本当に残念だ――、と言われる
それは私とて同じだ。

人のためでなく、夫の終盤の人生を楽しませてあげたかった。

これから先どんなに楽しい人生が待っていたことか。

そのために頑張って働いてきたのに……、それを考えると悔しくてたまらない。

だけど、どう考えてみても、悲しんで悔しがってみても何一つ変わらない。与えられた人生を受け入れていくしかない。

なんて、少し現実を突きつけられていると、次は息子家族がやって来た。ディズニーランドのお土産のお菓子を一つずつ袋から出し、じいちゃんの口に入れてたくさんたくさん食べさせてくれた。そしてスタッフや他の入所者一人ひとりに配って回った（差し上げて良いか、いつもスタッフに確認します）。入所者の方々は子どもたちを見ると、皆さん急にピカピカの笑顔に変わる。もちろん夫も終始柔らかな笑顔でいた。

そんな時はいつも、「子どもは天使」だなぁと思う。

我が小さな孫たちは、小さいながら自分たちが入所している人たちにとって良い存在なのだとちゃんと理解している。だから元気よく、「こんにちは！」と言って入って来ると、必ずユニット内を一周する。そして、今日帰る時、一階の事務所でのあいさつに感心した。

「じいちゃんのことよろしく」と言ったのだ。

子どものことなので深い意味はないかもしれない。でも、小学三年の彼がとても頼もしく感じられた。

私は、夫が認知症になったことで、子どもや孫たちにしてあげられなくなったことばかりを思ってきた。でも、おじいちゃんが認知症という病気になったことで、そうでない家庭では得られない心が育っていることを、とてもうれしく思えた。

二〇一四・九・一七　［そして二人の子どもたちとその家族へ］

未来永劫に続くと疑わなかった普通の生活が、若くして父親が認知症なるということで一変した。それでもあなたたちの未来へ、変わることなく歩んでほしい。

父は認知症であっても父親としてあなたたちへの愛は何も変わらず、一生懸命生きることでそれを示していると思ってほしい。

今までとこれからの父と母の生き様が、あなたたちの人生のどこかで少しでも役に立つことを心から願っています。

以前通っていた施設の管理者に言われたことがあります。

　あなたの息子さんは長男としての責任感がとても強く、ご両親をとても大切に思っていて、お父さんのことを心配しています。でも、それ以上にとてもお母さんのことを考えています。——自分がやらなければいけないこと、できることは何でもやります。でも、基本的には父のことは母に任せたい。今の母は父のことがあるから生きていけている。父は母の生き甲斐なんだと思う。だから、父のことの決定権を母から取り上げることはできない。——

　そう息子さんに言われました。

今までいろいろなご家族と話をしてきましたが、お若いのにこんなにしっかりした息子さんは初めてです。そんな彼にあなたが育てたのですよ。

いろいろなことがありました。たくさん泣きました。けれど今、あの頃子どもたちはどんな気持ちだったのだろうかと時々考えます。今まで子どもたちの気持ちに向き合ってこなかったなぁ、自分のことで精一杯で……。母としては失格です。

先日の「じいちゃんのことよろしく」で、母はたくさん考えさせられました。

自分一人で父の介護をやり通すことはもちろん、子どもたちのためでもあったけれど、本当にそれが正しかったのか今は自信がありません。

夫婦のつながりよりも濃い親子のつながり、それは永遠のもので、それを切り離して考えられることではないと思うからです。

あなたたちを見ていてそんなことを思いました。

父は認知症になりましたが、多くの力を借りて今を一生懸命生きています。そんな父に毎日会いに行くのが、今の母の最大の心の癒しになりました。

あんなに辛くて悲しくて、地獄の果てのような思いでいたのに、今は父が天命を心地よく全うできるように寄り添っていこうと思っています。心配せずにともに歩んでいきましょう。

二〇一四・九・一八　[ちゃんとわかっている]

私はいつも夫のことを「重度認知症患者」と言っている。

要介護度も最高ランクの5で、すでに重度になっていることには間違いはない……。けれど、重度になっても耳は聞こえている。聞こえているけれど、その内容は理解できない。それでも声のトーンやその雰囲気で、良いことかそうでないかを感じ取る。

自分にとって嫌な話と感じると、途端に顔の表情が曇り、また自分が好きな人かどうかも感じていて、夫にとって合わないタイプの人だと嫌な顔をする。それがスタッフだったりすると、一生懸命介護していただいているのに、とても申しわけなく思う。

言葉や文章として発することはできなくても全～部お見通しで、嫌と思う感情を顔の表情や態度で表現しているのだと思う。今日、夫とソファに座りながら、夫が靴と靴下をすぐに脱いでしまう話をスタッフとしていると、急に顔が曇った。

夫は家に帰ると速攻で靴下を脱ぎ棄てていた。たぶん足を解放したいのでしょうね。夫の居室だけならOKだけれど、部屋から一歩出るとほとんどの方が車椅子だし、危険すぎてとても裸足は無理でしょう。靴を履いていていても時々、車椅子に足を引かれているし……。

今日スタッフと話をしていて、ちゃんと聞いていて、わかってくれているな～と感じてうれしかった。

「不穏になったり怒ったりするのは、注意深く見ていると必ず夫さんなりの理由があるのですよ。そこをいつもわかってあげられたらと思います」

とスタッフが言ってくれた。本当にありがたい言葉だ。

そうそう！　敬語で禁止用語を並べ立てても、結局不穏にするだけなのですよね〜。

そしてそして、ソファで二人でくつろいでいると、とっても多弁になり、

「会社」とか「そうだよね」とか言っていた。

完全に仕事モードの言葉。そうね……何十年も会社で頑張ってきたのだから、そんなに簡単に
仕事のこと忘れられないよね。

数日前は、「お母さん！お母さん！」「お父さんはね……」と言っていた。

会社のことも忘れないけど、家族のことも、もちろんそんなに簡単に忘れないわね。

ね！　お父さん

二〇一四・九・二一　［とってもハッピー］
昼食の一時間ほど前に施設に着いたので、一階にあるフロアに行き、テーブルと椅子を窓際に
移動させ、のんびり外を眺めて過ごした。
ご機嫌が悪い時は椅子に座っていられず、すぐに立ち上がり、全身に力を入れ、体中で不穏を
表現する。
今日は、それは良い顔をしてずっと座り、外を眺めていた。

ふと、ずいぶん前に夫と二人で観た映画「明日の記憶」のラストシーンが蘇った。

若年性認知症を患った渡辺謙扮する車椅子の夫に、樋口加奈子扮する妻が寄り添い、外の景色を眺めているシーンだ。

そこには認知症との長い戦いが終わりに近づき、穏やかな時間が流れていた。

私たちの行く先にはどんな景色が待ち受けているのだろうか、と思って、そのシーンを観ていた。

景色は違えども、今日の私たち夫婦には穏やかな素敵な時間が流れていた。

そして、一番違うのは、
夫は車椅子ではなく……

まだまだ終わりにも近づいてなく……

今日の私は、とてもハッピーな気分だということ。

あまりにも穏やかなので、少しだけ職員さんにお願いして、急いで自室に戻り、爪切りを持ってきた。

妻が夫の爪を切っているだけのことではあるけれど、そこにはごく当たり前の日常の空気が流れていた。

まだまだ「叶わないこと」ばかりではないかも知れない。

二〇一四・一〇・一六　［バスに乗る］

施設の前にバス停がある。散歩に出る時によくそのバス停で立ち止まってみる。

そして今日、何げなくバスに乗りたいねと言ったら、なんと夫が、

「バスに乗ってどこ行くの？」と言ったのだ。

お〜！　びっくりした。

私は思わず、「家に！」と言ったら、
アハハハハと笑った。

何だかとても不思議な気分と、とてもうれしい気分でユニットに帰り、スタッフに報告した。

「え〜、聞きたかった！」と言ってくれた。

夫の脳は一体どうなっているのだろう。日頃を見ていると、とてもそんな会話ができる状態ではないのに、時々私をびっくりさせるようなことを言って喜ばせてくれる。

二〇一四・一〇・二〇　［幸せすぎて］

御嶽(おんたけ)山が噴火し、多くの犠牲者が出た。行方不明者を捜索される消防や警察、自衛隊、たくさんの方々の力を集結しても、なお見つからない方がいらっしゃる。

その中の一人、ご主人が見つからないという奥さまが言われた。

「やさしかった主人のおかげで今までが幸せすぎて……でも子どもたちのために頑張って生き

ていきます」

悲しくて涙があふれた。私の気持ちもまったく同じだ。

夫との結婚生活が……、
幸せすぎて……幸せすぎて……幸せすぎて……、
これに尽きる。でも、だから目の前の今の夫が受け入れられない、ではいけない。

頑張るということは一人では限界がある。

それは一人では大変ということではなく、一人で生きているわけではないので、制約や人との関わりや思惑や、それらいろいろなことを受け入れられない限り、生きにくいのかもしれない。

いろいろなことに心が折れっぱなしで、ちょっと自己嫌悪。それでも前に道がある限り足は止められません。

二〇一四・一〇・二九 ［本人の証明］

夫の「電子証明書」の期限が来るので市役所に更新手続きに行った。

何でもそうなのだか、本人が本人である証明は、自分自身で手続きしないとけっこう大変なのだ。

こういったことのために、何年も前に成年後見人の手続きに家庭裁判所へ行ったことがある。成年後見人制度について十分理解した上での手続きをということで、一時間ほどかけて説明とビデオを見て、いざ手続きの段階になり……やめた。

毎月の収支報告書の提出等理由はいろいろあるが、何より本人に選挙権が与えられなくなると聞いたからだ。今の夫が選挙に行けるわけではないのでどうでも良いことのようだが、こちらが行かないことを選択するのと、その権利を取り上げられ行けないのとは、やはり気持ちが違う。そんな小さなことにこだわる私なのだ。何だかとても寂しい気持ちになり、

「やっぱり今回はやめます」と言って帰ってきた。

そのまま今に至っているので、現在成年後見人制度の概要がどうなっているかはわからない。そのため、電子証明書の手続きも本人を連れて来てくださいということになった。とは言うものの本人が暗証番号を入力できるわけではない。そこは何とかクリアでき、とりあえず今回は無事更新できた。きっと次回は無理だろうけれど、先のことは考えないことにする

その手続きに、私一人で夫を連れ出すのは少々心配だったので、施設のスタッフに付き添いをお願いしてみた。とても気持ちよく了解していただき、そしてせっかく外出するのだから、どこかに行きませんかと言ってくださった。

ご厚意に甘え、隣り町の産直市場や公園やらをぶらぶらし、買い物やお店でのランチもできた。電子証明書の更新手続きのおかげで、絶好の行楽日和の青空の下、夫を自然の中で散歩させてあげることができ、うれしい一日になった。

介護はスタッフにお任せし、私は夫との思い出のページを重ねていくことに専念しようと思う。

二〇一四・一一・四 【危険認知】

すでに危険認知はないと思っていた。

体の傾きも伴い、テーブル、ドアや車椅子などを避けることができなくなってきた。

特にご機嫌が悪い時は、なるべく事前に危険を回避しようというこちらの親切心などどこ吹く風で突進していく。

でもご機嫌の良い時は、自分で避けて歩いていく姿を見ると、「まだまだ大丈夫」ってうれしくなる。

今日も昼休みに施設に行くと、とてもにこやかな夫が食卓テーブルで座っていた。その意志がない時はどうやっても立たないが、今日はスッと立ったので、歯磨きを済ませて外に散歩に行こうと思った。

でもやめた。

最近、私が外に散歩に連れ出すのを、果たして夫は喜んでいるのだろうかと疑問に思えてきた。

私の希望や自己満足に、いつまでも夫をつき合わせてはいけない気がしてきたのだ。

　今の夫の居場所は居室のあるユニットのフロアではないかと感じる。認知症患者にとっては、今いる場所が一番落ち着ける場所になることは、とても大切なことだと思う。

　夫を散歩や公園に連れ出したり、一階の広いフロアに連れて行ってともに時間を過ごしたり、そうすることが夫のためと信じていたけれど、夫が落ち着く居場所を見つけたのならば、それを乱してまで連れ出すことは私の自己満足なのではないのか、と疑問に思えてきたのだ。

　毎日毎日外に連れ出してきたことで、夫の危険認知度が少しでも保たれていると信じたい。でも夫にとって、危険認知機能が保たれることとフロアのソファに座って過ごすことと、どちらが良いのだろうか……。

　毎日コロコロ変わる家族のココロ。明日はどんな気持ちで過ごせるだろうか。

二〇一四・一一・二四　【電話】

お元気ですか？　何かありましたか？

奥さんがいらっしゃらない、とスタッフがみな心配していますが……。

と今日施設から電話があった。

いろいろなことが起き、いろいろ思うところがあって、十日ほどまったく行っていない。

来ない家族なんて山ほどいるから、いちいちしばらく「行きません」と連絡するほどのことでもないと思ったので、ある日を境に行かなくなった。

突然来なくなった私のことをスタッフはとても心配してくれていたようだ。

「私たちにとっては、お二人ペアで〝夫さん〟なのです。本当に心配しましたよ」

「家の前を通ってみましたが、中で倒れていたりしたらどうしようとかいろいろ考え、スタッフ全員で心配していたんですよ」

ありがたいことです。そんな心配をかけるつもりは毛頭なく、でも皆さんに迷惑をおかけしたと大いに反省です。申しわけない。

初めはとても悲しかったりしたが、そのうちそれにも慣れ、夫の存在もこのまま忘れられるのではないかと本気で思えてきた。

夫は私が行っても行かなくても、「最近奥さん来ないな〜」と思うわけでもなく、奥さんの存在すらわからずに、毎日安全に安心して暮らしている。

家族にはとてもできない介護を施設で受け、そのスタッフに家族のように大切にされて過ごしている。それで夫は十分幸せだと思えた。

何もできない家族が「家族」という名のもと、頻繁に出入りすることが夫にとって良いとは思えなくなっていた。

世の中には治らないことを宣告されたり、命の期限を宣告されたりする病気はたくさんある。夫もその中の一人だ。患者本人も家族も、その病気に翻弄されることにおいても、他の病気と認知症は何も変わらない。

ただいつも思うのは、患者本人が自分の思いや意思を周りの人に伝えられるかどうか。このことは、生きていく上でとても大きなことだと感じている。

望んでいることを家族に伝えられればいいのだが、悲しいことに認知症はそんな行為さえも取り上げてしまう。

行かなくなった私の思いはまたいつか書くことにして、今日はとてもありがたく感じた一日だった。

二〇一四・一一・二七 ［どこ行くの］

仕事帰りに施設に行くと不機嫌なことが多い。

理由は断定できないが、認知症特有の夕暮れ症候群か、単純にお腹が空いてくる時間だからなのか。後者ならば対処しやすいのだが、そう問題は簡単ではない。

今日は可もなく不可もなくの表情で出迎えてくれた。それで十分だ。施設へ行く途中のスーパーでお寿司を買って、ディナー前の前菜に二人で部屋で食べることにした。

夫の大好きなイカと鉄火巻（タコも大好きなのだけれどなかったの）。それをとてもおいしそうに食べた。

おいしそうな顔を見ていると、とてもうれしくなる。三〇分ほどするとメインのディナーが運ばれてきた。それも一粒残らず完食した。食べることができるって本当に幸せだと思う。

いつまで食べることができるだろうかと不安になるが、そこは夫に頑張ってもらうしかない。

最近の夫は言葉をどんどん忘れ、発する言葉の内容はほとんど理解不能になっている中で、時々素晴らしくはっきりとした言葉を発する時がある。

その言葉の内容に、切なくもありうれしくもあり、今日の帰り、いつものように「また明日来るね、待っていてね〜」と言うと、なんと！

「どこ行くの？」と言った。

一瞬返事に困ったが、正直に「家に」と答えると、夫は、

「じゃ帰るわ」と言った
一緒に帰りたいという意思表示か、ほうっておかないでという意思表示か。いずれにしても全てを理解しての言葉とは思っていないが、しばらくのあいだ会いに来なかった私にとってはちゃんと会話ができた喜びと、そしてちょっぴり心が痛い会話で、何だか涙が出た。

どれほどの時間が残されているかわからない。無駄にできる時間はなかった。

大切にしなくては……。

二〇一四・一一・二八　【六十八回目の誕生日】

ブログを始めて一年、今日で百二十五回目の記事になる。

一年前の夫の誕生日のお祝いにブログを始めた。この一年いろいろなことがあった。そして夫の認知症は確実に進行している。でも、一年前と同じように、今年も夫の誕生日のお祝いにスタッフとともに自宅に帰ってくることができた。去年と同じようにお天気も味方につけ……。

私は数日前から庭にお花を植えたり、ピカピカにお掃除したり、お料理は何にしようかと久しぶりにウキウキとした気分を味わった。やはり生活は誰かがいないと張り合いがないものだと感じた。

施設ではあまり登場しない料理をスタッフに聞き、結局、夫の好きな焼肉、タコとイカとマグロのお刺身。サラダや漬物。焼き立てパンといつもよりビッグサイズのビール。誕生日とお盆とお正月とクリスマスが一緒に来たようなメニューになった。

さて夫のご機嫌は、いつもは苦労する車の乗り降りもけっこうすんなりとでき、駐車場から家の中までのいくつもの段差も難なくこなし、無事テーブルに着くことができた。

去年の誕生日みたいに口笛は吹いてくれなかったが、家に帰って来ることができただけで十分過ぎるほど幸せだ。

来年はお祝いができるだろうか。

来年は声を聞くことができているだろうか。

来年は歩くことができているだろうか。

来年は食べることができているだろうか

来年は生きていられるだろうか。

いろいろな節目にいつも思うことだ。

でも、今年もこうして家に帰ってきて、六十八歳の誕生日のお祝いをすることができた。一年間無事に……生きてこられた。

神様、仏様、ご先祖様、ありがとうございます。

私の願いを叶えてくれようと協力してくれる施設のスタッフ、心からありがとうございます。

私を支えてくれる周りの人たち、ありがとうございます。

ありがたくて……、
そして、もしもまだ願いを叶えてくれるのなら……、
どうか皆々様、来年もよろしくお願いします。

たっぷりの便を自宅トイレへの置き土産にし、夫は〝我が家〟へと帰って行った。

二〇一四・一二・一【感謝】

二、三日に一度ほどのペースで書いているブログ。しばらく更新がないことを心配していてくれていた人がいた。少しでも楽になれるのなら何でもお手伝いしますから、とメールをいただいた。とてもうれしくて、メールを読みながらまた涙が出た。
先日の施設からの電話もそうだが、たくさんの人たちに、夫だけでなく妻の私も支えていただ

き、心からうれしく思う。

いろいろな人が、その人なりの形で私をサポートしてくれていると、最近つくづく感じる。

私の気持ちはいつもコロコロ変わる。前向きだったり後ろ向きだったり……、そんな私を心から心配し、応援してくれている人たちがいる。時には泣き言を吐き出してもいいのかもと思えた。聞いてもらえる人たちがいると思うだけで、心が軽くなるのを感じた。

どうにもならないことを吐き出しても、聞かされる相手はただ重荷になるだけだし、と思っていたので、彼女のメールに心から感謝。夫との生活が、悔いのない良い人生だったと思えるように毎日を暮らしていこうと改めて思えた。

それでも心が折れそうな時は、そんな人たちに話を聞いてもらいながら、また立ち上がり、何度でもやり直せばいいいと思えた。

二〇一四・一二・二　【今日も】

お昼休みに夫のところに行くと、それはそれは上機嫌。ニコニコ顔で声を上げて笑ってくれたので安心して仕事に戻った。そして、夕方行くとエレベーター前のフロアで不機嫌そうにウロウロしていた。

ん？　夫から何かしらプ～ンと……香りが……。

スタッフのところに連れて行き、そのことを伝えると手際よく処置をしてくれた。

夫は、トイレでの着替えはたいていの場合とっても不機嫌だ。わめき散らしている声が聞こえてくることも度々だ。妻とはいえ、そういったことについては、もうまったくお手上げ。さっぱりして良かったと、ご機嫌になってハッピーになるという筋書きは、夫にはなかなか通用しない。それでも、夕食の時間にはビールと食事をきれいにたいらげた。不機嫌なりにしっかりと……。食べるって素晴らしい、最近心から思う。
そして、帰る時、「じゃ、また明日ね」と言うと、
「ん？帰る？　じゃ帰るわ！」と夫が言った
夫がどんな思いで言っているにせよ、会話ができることに感謝しようとつくづく思う。

二〇一四・一二・九 【良かれと思って……】

夫と同じフロアにいらっしゃる足の達者なおばあちゃまと連れだって、お昼休みにお散歩に出た。玄関を出た途端に二人の発した言葉、

「お～寒い」

でも二人ともニッコリ上機嫌。本当に不思議に思った。「寒い！」と言って不機嫌になり玄関の中に入ってしまう時と、今日のように「寒い！」とニッコリできる時と、一体何が違うのか。

そして、夕方に会いに行くと夫は居室のソファに座っていた。

時々何だかブツブツ言っているが、すごく不機嫌というわけでもなく……、隣りに座って待っ

たりしていると、やっぱり不機嫌が増してきた。

夫はお笑い好きで「笑点」なども欠かさず見ていた。そこでユーチューブで「笑点」を検索して見せてみた。そうしたら、なんと画面に向かって、

「何笑ってんだ！」と怒った。

あなたのために良かれと思って見せたのに……。

二〇一四・一二・二八 【説明】

私たち夫婦には四人の孫がいる。その中の唯一の女の子の孫は、ただ今幼稚園の年中さん。女の子だからなのか、時々大人顔負けのことを言う。

以前にも彼女のことを書いたことがあるが、大人の話をとてもよく聞いていて正確に伝えてくれ、そのことに驚かされる。

そんな彼女に、「おじいちゃんとおばあちゃんは別々に暮らしているの？」と聞かれた。

「おじいちゃんのところに行く」というのを彼女がどう思っているのかと、私はいつも思っていた。やっぱり疑問だったのよね……。

決しておじいちゃんの病気のことを孫たちに内緒にしていたのではない。子どもなので、どの子も普段は「施設にいるおじいちゃん」をごく自然に受け入れていると思う。けれど、それまでの彼女の言動からいって、いい加減な説明はできないと思っている。

かといって、「そう！別々に暮らしているの」なんて答えて、おませな彼女と彼女のお友達に「別居？離婚？」なんて憶測を招くのもどうかと思う。ここはよくよく考えて、きちんと丁寧に答えないといけない。

「おじいちゃんは病気だから別のところで暮らしているけれど、時々帰ってくるでしょ？病気が治ったら帰ってくるのよ」と、とりあえず答えておいた。

しかし、もう十分理解できる年齢になったので、近いうちにいろいろなことの説明を正確にする必要を感じた。

夫が若くして認知症になったので、孫の中でおじいちゃんという立場での記憶があるのは、初孫である息子の長男だけだ。

生まれた時にはすでに認知症になっていたおじいちゃんといっぱいお出掛けし、いっぱい遊んでもらった経験がある彼だけは、おじいちゃんが病気で施設に入所していることを理解している。パパに病気の説明を聞いているかは確認していないが、病気のためにひどく変わっていったおじいちゃんを、彼は受け入れている気がしている。

しかし、他の三人はおじいちゃんとしての立場での接点がない。生まれた時にはもう施設に入所していた孫もいる。周囲が「おじいちゃん」と言うので、「おじいちゃんなんだ」くらいに思っていることだろう。二歳児などは、それも仕方ない。

夫はニッコリ車椅子でいるわけでもなく、静かに寝ているわけでもない。目を吊り上げ、すご

い力であちこちの物をガタガタさせながら動き回り、とにかく、よ〜く怒っている。妻の私でさえ怖い時があるほどだから、

「すごい顔をして何か言っている、怖いおじいちゃん」

子どもの目線から見ると、そんな感じではないかと思ったりする。

そのことだけが孫たちの記憶の中に残るのは本当に辛い。本当はとってもやさしくて、孫たちをとってもかわいがったはずだから。

だけど……これは現実。どんなに小さな孫たちでも、おじいちゃんを家族みんなで支えていくんだってことを知ってほしい。今は認知症がどんな病気か理解ができなくても、小学生ぐらいになればきっと理解できるでしょう。

夫の病気の公表は必要最小限にしてきたため、周りの人に伝えるタイミングを逃してきた感もあるが、もう私の中で、公表するしないなどということはどうでもよくなっている。かと言って無意味に公表しようとも思わない。その必要性だったり、タイミングだったり、難しい部分もあるが、彼女には近いうちにきちんと向き合い、説明をしてあげたいと思う。

ii（２０１５）

二〇一五・一・八　［立食パーティ］

お昼に行くと、夫は食卓の椅子でウトウトしていた。話しかけると起きたのでミカンを食べさせた。食べ終わるとまたウトウト、起きた時はニッコリ笑い、でもまたウトウト……。呼びかけると良い顔をして起きるので完全に起こしたかったが、午後はお風呂だと言っていたし、寝た後のご機嫌のままお風呂に入った方がよさそうだしと、そっと仕事に戻った。

夕方行くと、まだご機嫌のよい顔をしていたので、玄関フロアのお正月らしい飾り付けの前で写真を撮ろうと降りていくと顔が少し険しくなっていた。

夫にとってエレベーターは魔の乗り物。エレベーター前の床とエレベーターの床の色が違うことで、空間認知が難しい夫にはたぶん深い谷底に落ちる感覚なのだと思われる。

床を見ないように両手を引きスッと引き入れるのだが、それでも腰が引けてしまう。夫は異空間ということを察するのだと思う。

だけど、エレベーターに乗らなければどこにも出られないの。

居室フロアに戻り、ディナーの時間になっても顔はイマイチ。食事中もすぐに立ち上がってしまい、結局、箸とお茶碗を持ち、半分ぐらい立ったまま食べることになった。

以前ならそういうこともすごく嫌なことだったが、今は、今日は落ち着かない日なのね、仕方ない！　立食パーティと行きましょうか、と思える余裕もできてきた。少し距離を置くことが大切なことなのだと思えるようになった。

今から夫の介護が始まるのなら、私はきっと良い介護士妻になれたことでしょう。しかし、残念なことに失敗を重ねて初めてわかることがなんと多いことか。失敗を重ねたまま人生が終わらないよう頑張ります！

二〇一五・一・一七　【笑顔が一番】

「ただいま」と顔を覗き込むと、可もなく不可もなくという感じで私には十分なお出迎えだ。一緒に歩きながら居室に向かい、荷物を置いて、寒いけれどお天気は良いし、たまには少し外に出てみようとエレベーターに乗り、一階に降りた。

いつも通り、なるべくエレベーターの床を見ないで乗れるように両手を持ち、話しかけ続けて、私の顔を見るようにして乗る。

そうして一歩だけ外に出て、多目的フロアを一周して居室に戻った。

たったそれだけのこと。普通なら五分もあればできることが、夫にとっては何と大変な作業になったことか……。案の定、帰りのエレベーターはちょっと不穏な空気が流れていた。

それでも、いろいろな工夫をして何とか夫に動いてもらいたいと思う。

妻の自己満足かもしれないけれど、これからも、私たちがともに生き続けるために必要なことだと、何となくだけれど思えるから……。

居室フロアに戻り、しばらくすると少し顔が和らいだ。そこで夫の前に立ち、この世のものと思えないほどの満面の笑みを向けてみた。

そうしたら、ニッコリ微笑んで顔をそむけた……。それではもう一度、と、そんなことを何回か繰り返した。そのつど夫はニッコリして顔をそむける。

何だか他愛もないそんな日常だが、夫が笑顔でいてくれることで私はとても幸せなのだ。

二〇一五・一・二〇 【夢】

最近めったに夢など見なかったが、何年ぶりかで夢を見た。

ある日、施設に行くと夫が普通（?）になっていた。

元気だった頃そのままに会話をして、やさしい夫がそこにいた。

会話の内容の全ては残念ながらあまり覚えていないが、確かに普通に会話をしていた。

私の顔を見ると、

「あ〜、来た！　じゃ帰ろうか」と言う。

私がびっくりしていると、施設の方々も皆普通に、
「治って良かったね」と言ってくれた。それがごく当たり前のことのように……。
そうなんだ！　治ったんだ！
「じゃあ家に帰れるんですね」といそいそと部屋を片づけ、家に帰ってきた。
まるで、ちょっと病院に入院していたという感じで。
そして、何事もなかったように私たち夫婦の日常が戻った。

そんな夢だった。残念ながら、それは正夢とはいかなかった。
夫は今まで通りに……。今日も昨日と同じ日常の中にいた。

二〇一五・一・二二【告白】

これを公開するには、けっこう勇気が必要だった。でも自分自身のために公開しておく必要があるような気がした。現実の夫と自分自身に、ちゃんと向き合うために未公開を公開にする。

夫が施設に入所する前、夫の認知症周辺症状がＭＡＸだった頃、私自身が病院に通わなくてはいけないほどに精神的に追い込まれ、ほんの数週間で一〇キロ以上痩せた。それは恐ろしくみるみるうちに……。

いろいろな経緯をたどった末、夫は施設に入所して私の手もとからいなくなって四年あまり、私は違った形で病気を発症していると思っている。

夫のところから帰って来る午後六時過ぎ、犬も猫も飼っていないので、家には私以外息をしているものがいない。毎日毎日一人でいる寂しさと、認知症の進行に対する不安と、その他いろいろなストレスで食生活の病（過食症とも違うような）になっていると、これはあくまで自己診断。

介護うつ状態と睡眠障害をいまだに引きずっているため、ベッドに入っても一睡もできないまま朝を迎える日も多々あり、薬も手放せない状態が続いている。

朝も昼も食事を食べなくてもまったく平気だけれど、夕方家に帰ってから、特にベッドに入り眠れないままでいると、お腹がすいてというわけでなく、食への欲望というよりは眠れないことへのストレスか、ただただ食べるという行為が発生した。

最初はフルーツとか簡単なものだったが、そのうち真夜中に何か食事を作ってでも食べるようになった。一日三食を夜中だけでとっていることになる。

その姿を想像すると「本当にあった怖い話」みたいで……自分でも怖い。

はじめのうちは何とも思わなかったが、これは病気だと気がついた。

もう何カ月も前から、受診の時に先生に言ってみようと思っていたが、言い出せなくて……。

そのことで命に差し障りがあるわけではないけれど、体にはいろいろ異常が現れ始めている。

人生を捨てていた私には、自分の体がどうなろうとどうでもよいことだったが、死後数日経過して自宅で息絶えているところを発見された！　なんてニュースだけは避けたい。

だけど時々……、最初に発見するのは誰だろうなんて思ったりする。

自分が息絶えることよりも、発見者が誰かと……。

それは子どもたち以外には考えられなくて、子どもたちにはそんな思いをさせられないと思った。私も母親だということのようだ。

そして最近この食生活が改善の傾向にある。だから公開する勇気ができた。これもひとえに周りの皆様の支えがあってこそ。

最大のきっかけは、先日姉夫婦の住むマレーシアへ行き、姉夫婦と一緒に朝昼夜ときちんと食事をして、毎日いっぱい楽しんだこと。

そのおかげで、食の負の連鎖が弱まったと思う。やっぱり一人は寂しい。

帰国して、今また少し危険だけれど、せっかく公開したことだし、意思を強く持って頑張ろうと、少しだけれどそう思えるようになった。

まだまだ心の病に負けそうな、弱い弱い私だが、せめて夫が生きている間は私も生きていなければなりませんから。応援よろしくお願いします

二〇一五・一・二九　［忘れる幸せ］

施設にはいろいろな方がいらっしゃる。

夫のように毎日不穏の時間がある方、よく歩き回られて（徘徊）いる方、一日中ニコニコしてらっしゃる方、認知症なのに自分は認知症じゃないと自己申告される方、自分の意思で動くことができない方……、皆それぞれの人生を生きてきて、今この施設で過ごされている。

私は認知症をとても残酷な病と思っていて、それは今でも変わらない思いではあるが、そう思っているのは私で、夫はどうだろうと考えてみた。

もちろん夫も自分の病がすごく悔しいはずだけれど、重度の認知症に進行し、自分のことが自覚できなくなった今、不幸には変わりなくても、今この瞬間だけを捉えて生きている。苦しんで苦しんで毎日暮らしてきた以前に比べると、少しだけ楽になったのではないかと思いたい。

「忘れることの不幸」。

それは忘れることができない者が感じることで、今の夫は、一瞬前に起きた悲しかったことも悔しかったことも、何もかもなかったことにして生きている。

「忘れることの幸せ」。

そういう世界もあるのか。

そう思えるまでにはまだまだ行きついていないが、病が進行した夫の日常を見ていて、少しは楽になっていてくれていたらと思う。

何か一つくらいは良いこともなければ可哀想すぎる。

楽に生きる。

私も何もかも忘れることができたら、もっと楽に生きられるだろうか。

二〇一五・二・二　【面会禁止】

今日、お昼休みに施設に行くと、入り口に「インフルエンザのため面会禁止」の案内があった。

この四年の間で初めての「面会禁止」。

私は夫のところへ行くためにけっこう気を使っている。子どもたちには、面会に来る時に幼稚園や学校など、身近で感染する病気が流行していないか、そういう可能性がある場合は来ないよう伝えてある。私自身も、この時期多くの人が集まる場所には極力行かないもう小さな子どももいないのでそれが可能だし、多くの人が暮らしている施設に夫に会いに行くための、せめて外部の者の義務のような気がしている。

外から施設内に病気を持ち込まないように心を配っているのはもちろんだが、施設から病気を持ち帰り、地域や幼稚園、学校、職場等々に蔓延させてはいけないと思うからだ。それが施設と関わっていく上でのルールと思っている。夫も、子どもも、孫も、全部大切だから……。

面会禁止になって、一日のスケジュールから夫に会いに行くことが消えたとたん、久しぶりに体調を崩した。夫に会えない寂しさから……などと言えば、「なんと美しき夫婦愛」ってことになるのだけれど、きっと違う。インフルエンザかと思ったけれど、そうではなく、いわゆる胃腸風邪だった。

久しぶりに病気で仕事も休んだ。夫が認知症と診断されるまで、私はけっこう病気しがちな体だった。それが夫が認知症と宣告を受けてから、すっかり丈夫になった。

頼れるものがあると気も緩み、頼れるものがないと気も張るものなのか。

病気などすっかり忘れていたが、今回の面会禁止で私の気が緩んだのだろうか。やはり病は気から、ということはあるのかもしれない。

二〇一五・二・八【靴】

我が家の玄関には夫の靴が一足置いてある。

夫の喜怒哀楽を見続けたスニーカーだ。

すでに五年履かれることもないまま、ずっと玄関で私を出迎えてくれている。

もうこの先も主に履かれることはない。それなのにどうして置いてあるのか。

一つは、来訪者に我が家が女性の一人暮らしと悟られないためのダミー（我が家には男性も住んでいるよ〜という感じで）。もう一つは、これが私の気持ちの大きなウエイトを占めていることだ。

夫が元気だった証。

この家に夫がいた証。

私に夫がいる証……。

玄関を掃除しながら、時々心の中で夫の靴に話しかける。もう履かれることはないね、と。

それでも私は、履かれることのないその靴を時々洗って、お日様に干して大切にしている。

仕事から帰って来ると、いつも定位置で夫の靴が出迎えてくれる。

時々、とっても切なくなる夫の靴。だけど、この先もきっと片づけることはできないだろう

二〇一五・二・九 【プラズマローゲン】

九州大学の藤野武彦先生が提案するアルツハイマー型認知症の改善物質「プラズマローゲン」。臨床実験で五割の人に改善が見られたそうだ。

さっそく夫を九州に連れて行きたい衝動に駆られた。

臨床実験でいいから受けさせたい。今の夫を飛行機に乗せるのは不可能、ならば車ならどうか、といろいろ考えてしまった。そんなこと絶対無理なのに……。

「どうして九州なの！」と思わず心で叫ぶ。近くの大学病院でも処方してくれないのか。日本中の認知症患者が皆平等に治療を受ける権利と選ぶ権利を与えてほしい。

可能性に日々精進しておられる多くの医師たちがいる。

治らないと決めつけないでいいと思えた。

夫はまだ歩くことができる。

夫はまだ食べることができる。

夫はまだ話ができる。

昨日なんて「寒いから帰る！」と言ったのよね。

だから、ダメもとでその可能性に挑戦したいのに、どうしたらいいかわからない。認知症の治療なんて、もうすっかりあきらめていた。だけど、ほんの一パーセントの可能性でも試してみたいと、やはり家族は思ってしまう。

二〇一五・二・一〇　［プラズマローゲン　その後］

速攻で興味を抱いたプラズマローゲン。近くの大学病院を検索して、どこかに糸口がないものか探していた。

あった！あった！

「臨床試験参加者募集」

テレビの力はものすごく、やはり相当反響があったようで、若年性認知症の方の多くが情報集めと臨床参加に動かれたようだ。

どんな病気の方も、「藁（わら）にもすがる思い」は皆さん同じだ。

予約のための電話を何時間もしたという方もいた。このまま進行していくのを見ているだけというのも辛い……。どんなことでも可能性が少しでもあるのなら、やはり試したい。そんな想いは皆同じ。よ~くわかる。

ところで、我が家においてはいろいろ奔走したが、病院の場所がどうという問題ではなく、夫は今回の臨床に適応されないことがわかった。

軽度認知症患者が対象だそうだ。

軽度も中度も重度も試してみればいいのに……。

そうすると、結果のデータのレベルが下がるってことかもしれない。

テレビでは、けっこう重度の方が治験に参加されていたのに……。

車椅子で問いかけに無反応の方が、人を気遣うほど回復していたあれは何?と言って憤慨してみても仕方がない。

今回のことはあきらめましょう。「次回は……」、夫にそんなチャンスは巡ってくるのかしら。

多くの研究者のおかげで、それまで治らなかった病気がたくさん治るようになった。そこに至るまでには多くの治験、臨床参加者がいて、運良く治る方も、また残念ながら治らなかった方もいるだろう。そういう機会さえも与えられないまま、命の灯が尽きてしまう方もまた、たくさんおられる。

すごく期待したわけではないけれど、ほんのほんの少しだけ夢を見させてくれた番組の名前は

『夢の扉』という。残念ながら夫にその扉を開けてあげることはできなかった。明日もそのまた先も今まで通りの日常、それもまた良きこと……。

こうして我が家のプラズマローゲンの幕は下りた。施設のインフルエンザの幕は一体いつ下りるのだろうか。

二〇一五・二・一一【風の電話】

「風の電話」。

東日本大震災の後、岩手県大槌町の個人の方が庭に立てた、電話線がつながっていない電話ボックス。

家族を亡くした人たちが、この電話ボックスを訪れている。

内なる想いを解き放すことができる場所として、このボックスの中で涙ながらに静かに語ったり、家族の名を呼び号泣したり……。

人は時々心の内をさらけ出さなければ、心の中の辛さがいっぱいになって疲れてしまう。

どんなに頑張っても報われないと感じてしまう瞬間。

寂しくて寂しくてたまらない瞬間。自責の念でいっぱいになる瞬間。

こんな場所があって思いっきり泣くことができ、それで少しでも心が軽くなれるのなら……。

「風の電話」を紹介するテレビ番組を見ながら、いっぱい涙があふれてきた。

いっぱい頑張っている。いっぱい我慢もしている。

けれど、なかなか報われない。

我が家の場合、報われるってどういう時だろうか。

二〇一五・二・一三　【面会の理由】

ビールやおやつはまだあるか、施設に電話をしてみた。ついでに（？）夫の様子も伺いながら、「おやつがない」というので、お昼休みに届けがてら夫に会って来た。

スタッフに脇を抱えられながら降りてきた夫を見て、先週会った時にも、そして今日も、少し考えてしまった。

私は毎日施設に夫に会いに行っていた。それには理由があったが、その思いが今回の面会禁止で明確になった。

たった数日で人間はそんなに変わらないと思いたいけれど、夫は進行の早い若年性認知症。一カ月行かないとどんな姿になっているか、会うたびに進行していく夫を受け入れられない気がして、その姿を想像するだけで怖い。だけど、毎日会いに行っているおかげで、実際は毎日少しずつ進行していてもそれに気づきにくい。

今回思いがけずインフルエンザで面会禁止になった。施設に入所して初めての経験だった。どうしていいかわからなかったけれど、こればかりはどうすることもできない。早くインフルエンザの嵐が過ぎ去ってくれるのを祈るしかない。

　それに先日マレーシアに行った時も、一週間会わなかったけれどまったく大丈夫だったと言いたいが、実はその時も「少し変わったな」と感じた。だけどその時は私自身のために必要な時間だったと思うことにした。

　面会禁止なのにあえて会いに行こうとは思っていなかったし、それが一カ月になっても仕方がないことだと思っていた。

「ロビーででも、ご主人に会いに行かれたらどうですか？」と私の背中を押してくれた方がいた。

　面会禁止の中、会いに行くなど思ってもみなかったのでしばらくの間考えたが、施設がロビーでならOKと言うのなら、やっぱり行こうと思い立った。

　そして、夫の様子に少しショックだった。

　ご機嫌は良かったが、反応が悪い。そして顔つきに生気がない。

　病気が進行して反応が悪くなっても、ご機嫌良く毎日暮らしてほしいと願っていたのに、実際そうなるととても心が痛い。なんて私は勝手なのだと思う。

　夫の様子を見て、今、夫はお茶碗も箸も持てないだろうと思えた。

　靴の履き方がおかしかったということもあったが、明らかに歩き方もおかしかった。

　歩けなくなるのが、もうすぐそこと思えた……。私の勝手な感想だが。

　その日の様子が毎日変わる認知症だ。今回の面会時はたまたまだと思いたい。

やっぱりこまめに会いに行かないと、夫の様子に私がついていけない。そう思えて何だかとても悲しくなった。

私が無理やり行くのではない。施設が、ロビーでなら対応していますと言っているのだ。遠慮せずに毎日会いに行こうかな、と私にしてはずいぶん弱気に遠慮がちに思っている。

面会禁止の中、それをおして会いに行くほど切羽詰まった用事はない。会いに行ったところで夫がそのことを喜べるわけではない。なのに一カ月が待てないのかと、自問自答した。

早くインフルエンザ騒動が収まるのを待つしかない。

二〇一五・二・一四 【バレンタインデー】

バレンタインデーという口実で、夫にチョコレートを届けに行って来た。

「高級生チョコにしました♪」なんて言うと、「言ってることとやってることが違わないですか」「昨日は毎日行かないと言っていたではないか」とどこからか言葉が飛んできそうだ。

今日の夫はとてもご機嫌で、そして何と言葉もはっきりしていた。

「家に……やらなきゃ～」

たぶん夫の頭の中では、何もできない妻のために何かをしようとしていると推測した。

「チョコレートおいしい？」

「うん！」

「良かった！」
「今日も外寒かったよ〜」
「そう？」などなど、ずっと会話が弾んだ。

私たち介護家族の気持ちは、認知症本人の言動、状態などにすごく左右される。それも傍から見たら気がつかないほど小さなことだったりする。夫がご機嫌だと、こちらもとてもうれしいし、少しでも様子がおかしいと、とても悲しい。認知症に支配されていると言っても過言ではない。

そんなことを繰り返しながら夫との生活が続いていくのだと思う。

ところで「ロビーでなら面会ＯＫ」と言われて、私がずっとロビーと思っていたところは面会していい場所ではなく、「面会室」というものが別にあった。

その部屋は、きちんと加湿器とぬれタオルがセッティングしてあり、インフルエンザ対策が施されていた。そうならそうと、早く言ってくださいよ〜。

二〇一五・二・一八 【カッコいい〜】

前回の面会の時のこと、面会室にはすでに二組の面会者があった。

事務所受付前で手押し車（正式名を知らない）を押しておられるおばあちゃまと、二十歳代ぐらいのお孫さんと思える方の会話。

「気を付けて帰りなよ」

「早く帰りたいから、早く迎えに来るように、お母さんによく言っておいてな」

「うん、わかった」

「うん」

その会話を聞きながら泣きそうになった。

入所される理由は、その方の状態だったり家族環境だったり様々なのでわからない。ちょっと見には認知症があるかないかもわからない。当然介護度もわからない……。けれど、歩くことができて、こんな会話ができて、気持ちも伝えることができ、ある程度の状況判断もできる……。

それは一方で、入所者本人も家族にもとても辛い状況があるのかもとも思った。そう思えたのは、そのお孫さんに笑顔がまったくなかったからかもしれない
特養に入所し、その後元気になられて在宅復帰された方を私は聞いたことがない。迎えに来られないのに、顔を見るたびにいつもそう言われるのは、さぞ辛いことと思う。

ずっと私たちは不幸だと思ってきたけれど、どんな状況であっても病を抱えるというのは、本人も家族も辛い時を過ごしていかなければいけないのだと感じた。

そんなことを思いながら、そのおばあちゃまとお孫さんの話を何げなく聞いていたら、夫がスタッフとともにすごくご機嫌な、満面の笑顔で登場した。

最近はめっきり足もとがおぼつかなくなってきたが、夫もニコニコしてスッと立っているだけ

なら、傍からはとても重度の認知症患者とは見えないかもしれないな。

だって……とってもカッコいいから！

そしてそして、祝『面会禁止解除』。

本日、施設より面会禁止解除のお電話をいただき、早速お昼休みに行って来た。

夫のいるユニットは、一人もインフルエンザにかかることなく過ごせたようだ。それにはスタッフの大変な頑張りがあったことは言うまでもなく、本当にお疲れさまでした。そしてありがとうございました。

夫は食卓テーブルに座り、ニコニコしていた。ずっとご機嫌だそうだ。

それがたとえ病状が進んだ結果だとしても、夫が心地良く一日を過ごすことができればそれが一番！

いろいろな現状を受け入れてしまうと、その先の夫の人生が短くなってしまうような恐怖心があってもがいてみるのだが、やっぱり夫にとってどうあるのが良いのか、常に自分に問いかけ、戒めながら夫に向き合っていくつもりだ。もうどんなに頑張っても、夫に病気改善のチャンスは巡って来ないから……。

二〇一五・二・一九　［楽しみ］

私たちを支えてくれている人たちの中で、夫のことよりも私のことをずっと心配してくれている人たちがいる。ご主人はもう施設に入所した。後はあなたの人生を大切に、と。
その気持ちはとてもありがたく思ってきた。
けれど、私はやっぱり夫のことを抜きにして自分の人生は考えられない。結婚以来、ず〜っと本当に大切にしてくれた。そんな夫が病気になった。病が進行し施設に入所した。だからもうこれからは……って、やっぱり私には無理だと思ってきた。
しかし、「時間」という薬はそんな頑なな私の心を、少しずつ解きほぐしてくれようとしている。認知症が進行している、それは間違いない事実だから。
だからかも知れないが、最近夫の不穏も少し違った受け止め方ができている。この先、喜怒哀楽を表現することさえも難しくなるだろう。どんなに認知症が進行しても感情は残っていて、それを表現する力が衰えてくるのだと言われる。
嬉　しかったり
怒　れたり
哀　しかったり
楽　しかったり
その表現が不穏状態であるならば、どんどんそれを発揮してもらおうと思う。
脳が機能している証拠、そう思えば不穏もなんのその。
頑張っていっぱい脳を働かせて、泣いたり笑ったりしましょう。

そう思い始めた今日この頃、私は車を買い替えることにした。それについて様々な問題があったが、それら全てを良しとした。今の車は一年数カ月前に夫のために買い替えたもの。それまでの車は座席が高く、とても乗せづらかったので、この際と思い福祉車両に買い変えた。けれど車に乗るということがわからない夫は、乗る時に棒立ちになって頑として膝を曲げようとしない。そんな夫を乗せるのはどんな車でも難しいとわかった。もう少し夫が小さくなって、もう少し足腰が弱れば……、だけどそんなことは無理なわけで。

ありがたいことに、前もって要望を出しておけば、今は行きたいところへ施設のスタッフがやり繰りして付き添ってくださる。なんでも自分やろうとせず、それに甘えようと思えるようになった。

それでも、どうしても急に外出が必要ならば、今は福祉タクシーもあるし何とかなると思えた。公園など、日々のちょっとした外出は、夫のタイミングを見て、乗れそうならってことにしよう。そう思うと今の車は乗っていて楽しくない。いい機会だ！　私だけのことを考えて、私のための車に変えよう。そう思い立った。

そんなことを勤め先のオーナー夫妻との食事会の時に話した。とても喜んでくださった。

私の生活もできる限り楽しむ。けれどそれは、やはり夫のこと抜きではない。

今まで通り、できる限り毎日夫にも会いに行く。できる限りの、考えられる限りの最善は夫に尽くしていく。

「結婚以来大切にしてくれた夫との生活は、最後まで大切にしたい。それらのことを抜きにして私の人生の楽しみは見いだせない。そう思っています」と付け加えた。

私のことを一番に考えてくださっている二人も、私の気持ちは十分わかってくださった。

「立ち直ってくれて本当に良かった！」

その言葉に涙が出た。

もうすぐ四十回目の結婚記念日を迎える。施設で暮らしている方の年齢を考えると、四十回目なんてまだまだひよっこの私たち。頑張りますっ！

二〇一五・二・二〇　【あなたはプロ？】

久しぶりに車の中で号泣した。

夕方施設に行くと、それなりの夫が出迎えてくれた。今日のスタッフお二人は、私が「介護士としてはどうなの？」と常々感じているスタッフだった。それはそれとして居室で夫と二人で過ごした。

早めにビールをいただき、その後運ばれてきた食事も、箸とお茶碗を持たせたら、これもまたそれなりに食べることができた。

その食事が終わった瞬間、夫が立ち上がった。たぶんトイレに行きたいのだろうと思えたが、今日のスタッフメンバーでは……。尿パットも当てているし……、居室の扉を開けると、そんな私の思いなど関係なく、夫はキッチンの前でズボンのファスナーを下ろし始めた。（実際自分で下ろすことはできません！　仕草をするだけです！）

それを見たスタッフが、

「夫さん！そんなところでそんなことしないでください！　トイレに行きましょう」と言って連れて行った。

夫は人にズボンを下ろされることをすごく抵抗する。そのことには、当然、夫なりの理由がある。どんなに認知症が進もうと、人にやってもらうことを良しとしない、夫の人間としての自尊心なのだと思う。

けれど、嫌でもズボンを下ろして代えてもらわなければいけない状況はあるわけで、そこをうまく誘導するのがプロのプロたる見せ場だと思う。なのにトイレの中で「夫さんやめてください！　今ズボン下ろしているのだから上げるのはやめてください。もう〜、もう本当にやめてください！」と大声で叱りつけていた。

私はその会話の顛末を聞いていることができず、いたたまれず帰ってきた。

わかります！　人間だもの！いくら仕事とはいえ腹の立つこともあるでしょう。

だけど、機械相手に仕事しているわけではない！　相手も人間なのだ。

それも、あなたが今言っていることが理解できなくて、そんな自分が不安で混乱して、家で暮らしたくてもそれができなくて。

本人の気持ちを察して！などとは言いません！　けれど、お願いですからプロならば、どうあるべきかをどうか考えてほしい。

本人も家族も、今まで多くのことに十分傷ついてきた。追い打ちをかけるような暴言を吐いて、さらに痛めつけるのはやめてください。

これからは思うことがあったらその場で直接言おうと決めていたのに、逃げるようにしてその場から去った。何よりそんな自分自身が、とても不甲斐なくて悔しくて悲しくて……。

夫を守るなんてほど遠い自分に腹が立ち……、でも！でも！でも！　次は絶対負けない。「あなたは間違っています」と今度は私が言うことができるでしょうか。自信がありません。

それに今の夫の状態で、たまたまにしろトイレの仕草をしたことは奇跡に近い！　本当はほめてもらいたい！

もちろん介護スキルが高くて志の高いスタッフもいっぱいいる。そんな素敵なスタッフがいるからこそ、いろいろなことがあっても私の気持ちも救われている。

そんなスタッフは、夫のそんな仕草に早く気づいてあげられなかったことを、きちんと夫に謝ってくれる。

「嫌だよね。ごめんね。嫌だよね」と声を掛け続けながら、さっさとパット交換をしてくれる。叱るよりもうんと手早く……。プロのプロたる所以はそこでしょう。

そういう素敵なスタッフばかりだと、安心して夫をお願いできるのにといつも思う。

二〇一五・三・一　［いろいろあって……］

いろいろあって、施設に夫に会いに行くこともブログを更新することもできなくなっていた。
涙はここに至るまでにもう一生分を流したはずだった。もう出る涙はないと思っていた。

私たちは、これまで生きてきて良かったのだろうか……。
私たちは、これからも生きていっていいのだろうか……。

そんな思いに苛(さいな)まれていた。
深い谷を何度這(は)い上がろうと、高い山を何度征服しようと、それでも生きている限り私たちの前には何かしらの壁が立ちはだかるようだ。
私はただ、
いつか歩けなくなるだろう
いつか食べられなくなるだろう
そんな夫に毎日を大切に寄り添っていたいだけだ。
たったそれだけの願い。
きちんと心を整えて笑顔で夫に向き合うためには少し時間がかかりそうだ。

今朝目覚めて、ふと、私って今までいろいろな出来事によく耐えてきたなと思った。

「頑張っているよね、私！」

自分で自分を褒めてやりたいと、久しぶりにパソコンに向かうことができた。

二〇一五・三・二 [日にち薬]

仕事をしていてもテレビを見ていても、食事中も寝ても覚めても涙だったのが、施設に行かなくなり夫に会わなくなり、日にちとともに癒されていく。

けれど今回はその〝日にち薬〟も少し違う。日を追うごとに、なぜ？なぜ？の思いが湧きたってきた。

そして夫に腹が立ってきた。十五年の歳月の中で初めてのことだ。

あなたがこんな病気になったから……。

あなたさえこんな病気にならなければ……。

私はこんなにも長きにわたり次々と起こる悲しい出来事に、一人で苦しまなくてよかったのに。

平穏な生活が待っていたはずなのに。

いいかげんこちらの世界に帰ってきてよ！

あなたは何のために頑張って仕事してきたの？

こんな結末のためではないよね！

奥さんだけでなく、子どもたちのことも忘れるなんてどうかしている！

なんで認知症なんかになったのよ！

最後まで家族を守るんじゃなかったの？

いつまで私に守らせるのよ！

そう夫に恨み言の一つも言いたい。

夫と別れ、まったく別の人生を歩んでもいいかと本気で考えた。

もう嫌だ！　あなたのせいで私の後半の人生はめちゃくちゃだ！

その決断を誰も邪魔はしないし、反対もしないだろう。

結局、私自身が夫の傍で人生を全うすることを選んでいる。新しい一歩も今まで通りの生活も、その決断は全て私の手中にある。それなのに夫のせいにするのも理不尽かも知れないけれど。

一つ一つ乗り越えた先には、良いことは未だに見つけられない。夫は私でなくても施設でスタッフに囲まれこれからも生きていける。

紙切れ一枚でつながっている私なんかより、よほど暮らしやすいはずだ。

夫婦であっても夫は私の相談に何一つ乗ってくれないし、私の悲しみや喜びを共有もしてくれない。生きている限り永遠に続く苦悩。それから逃れられる方法は、もうこの選択しかないのかもしれない。

この数日間、自問自答した。

施設にいる間、私は夫との時間を楽しむことができているだろうか。

今日はご機嫌で良かった。（いちいち不機嫌になるな！）

今日は自分で食べることができた。（ご飯ぐらい自分で食べてよ！）

今日は話ができた。（ちゃんと私の話に答えてよ！）

今日は元気に歩いていた。（歩き回るから怪我をするの！）

無理やり自分に言い聞かせているこれらの「良いこと」……。

一体私は何をしているのだろうか。

そう……「日にち薬」が効きすぎたようだ。

こんな時に「風の電話」が必要なのかもしれない。

明日は夫に会いに行って来よう……。そう思い直す出来事があった。

とても信頼している人からのタイミングよいフォロー、本当にありがたい。

二〇一五・三・三 【何も変わらぬ夫】

久しぶりに夫に会いに行って来た。私が何に苦しみ、もがき悲しもうと、夫は何も変わらない。

そんな夫を前に恨み言の一つも言えず帰ってきた。

あなたは能天気で本当にいいよね～。

会いに行っても何一つ楽しめていないことに気がついた。やっぱり私はきっと楽しくないのだ。

今日は可愛い新車の納車日。三月三日、お雛様の納車をお願いしておいた。

しかも今までは「乗れればいい」という私が、初めてナンバーにまでこだわった。いろいろな出来事でうれしさなんてまったく吹き飛んでしまったけれど、これからずっとよろしくね。

二〇一五・三・四 【認知症……それぞれ】

私の月一回の受診日が今週あった。先生と看護師が私を見るなり、「どうかされました?痩せましたよね?」「ご主人お元気ですか?」「施設の方、良くしてくれていますか?」と心配された。

そうか、痩せたんだ!

そう四キロも減っていた。思わぬところでダイエットできてHAPPY?なんだけれど、一体どれだけウエイトオーバーしたんだろう。このまま怖すぎる真夜中の食事タイムにさよならしたいものだ。

それはともかく、その病院で、以前夫が利用していたデイで一緒だった方にお会いした。

当時夫は言葉も足腰もまだしっかりしていたが、ただただ不穏の時期を過ごしていた頃だ。その方は夫より二、三歳若いアルツハイマー型若年性認知症の女性で、足腰もとてもお元気だった。同じ病院に通院していて、そこで私に会ったことをずっと覚えていた。「〇〇病院で会いましたよね」と言われたものだ。お手伝いもずいぶんできていたし、夫よりもずいぶん認知機能も保たれている方で、いつもすごいなあと思って見ていた。

その女性が車椅子で入って来られた。もちろん私の顔などは覚えているはずもなく、三〇分ぐらいの待ち時間の間、まったく動くこともなく言葉を発することもなく……。

病気の進行は人それぞれ。いつか夫は歩けなくなり食べられなくなると頭でわかっているし、そうブログにも書いてきている。施設の方にもそう話をしている。けれど、やはり現実味は帯びていなかったんだなと、その方を見てつくづく感じた。

本当にそんなに遠くない未来に、そんな時が必ず来る。

そうだ、夫にも必ずそういう時が来るのだ。

いつまでも落ち込んでいる場合じゃない。夫との時間を大切にしなくては。

二〇一五・三・五　【復活】

まる一週間の苦しみからやっと抜けた。

落ち込むのも早いけれど立ち直りも早い。私の長所でもあり欠点でもある。

それにしても、生きていくのって本当にしんどい作業だ。

（夫さえ認知症にならなければ……）

きっと私の命が尽きるまで、永遠にそう心に秘めていくことだろう。この先どんな良いことが起きようと、この思いを打ち消すほどのことはたぶん起きないだろうから。

いろいろな出来事が起きた時、生まれた時から決まっていた運命だからと言う人が周りにけっこういる。

「運命」という言葉が私は好きではない。

そんなことで片付けられないと、いつも心の中で反論している。

でも口には出しません。人はそれぞれ、思いもそれぞれ違っていいと思うから。

私の可愛い新車を夫に見せようと思ったけれど、今日は夫の動きが悪く、あきらめて部屋で食前の（？）おやつタイム。どれもこれもおいしそうに食べてくれてうれしい。そうこうしているうちにビールが運ばれてきた。据え膳上げ膳で本当に幸せだ。

無理やり感のある復活だが、これも生きていくための手段。これからも頑張っていくつもりだ。

それにしても……「話をする」ことをとても大切と思って生きて来た私だが、言葉で気持ちを伝えることの難しさを痛感してもいる。

無口になりそう……なわけないか……。

二〇一五・三・七　【友人】

ブログを読んでくれている友人が、心配をしてディナーに誘ってくれた。久しぶりにおいしいと思える食事をしながら事の詳細を話した。

人が思うことは人それぞれ感じ方が違うので、わかってもらうことはなかなか難しいものだが、私が何に心を痛め、何が悲しいのかすごくわかってくれて、一緒に憤慨し共感してくれた。

私も、自分の感じていることが全てベストな考えとは思っていない。けれど共感してくれるとても心が救われる

この友人は夫が認知症になったおかげで知り合えた人で、立場は違うけれど同じように介護の体験者だ。だけど、そういう立場からではなく、とても感性が似ていて安心して話ができるのだ。

そういう人にめぐり会う機会を夫が与えてくれた。

ブログを読んで心配してくださっている方へ。

何があっても、どんな状況下でも、やっぱり私が生きていく場所は夫の隣りです。その思いに立ち返ることができました。また新たに前進できそうです。前進するたびに強くなれたらと思います。ご心配おかけしました。

しかしこれで終わりとは思えず、これからもいろいろな問題を抱えることになるでしょう。

そして懲(こ)りもせず、また落ち込んだりするでしょう。

そんな時は良いアドバイスや、叱咤激励や共感、どうぞよろしくお願いします。

二〇一五・三・一六　[四十回目の結婚記念日]

四十回目の結婚記念日を迎えることができた。

夫を初めて病院に連れて行った日から十五年。その五年後の結婚三十周年は、娘が沖縄旅行をプレゼントしてくれた。その沖縄旅行のことを思い出してみると、不穏状態など皆無で、とても楽しい旅行だった。

その旅行から十年、今日の日をよくぞ迎えることができたと感慨深い。それほどに認知症は進んだ、あれから十年とは思えないほどに。

けれど、十五年もたったのによくここまで維持できていると、これもまた感慨深く……。本当によくここまで来られた。

先日、数年前に起きた心中未遂事件のことをテレビで見た。認知症の母親を介護し続けた息子が行き詰まり、母親を殺したという事件だ。一生懸命介護し、一生懸命生きようとしていた親子に行政の対応は冷たかったという。息子には執行猶予付きの判決が下りた。

こういったことは認知症家族には誰にでも起こりうることだと、私は身をもって感じている。私も、何度もそう思ってきた。

少し前に、認知症患者が踏切事故に遭い、鉄道会社が家族に賠償責任を問う事件があった。鉄道会社の損害は莫大なわけだから、わかる気もする。会社にしてみれば、社員や家族を守るために経営の安定は欠かすことができない。家族は認知症患者を看る義務を怠った。

そう、その通りなのだけれど……。

リアルタイムの結婚記念日をお祝いするため私は有給を取り、万全の体制で今日の日を迎えた。お昼前に施設に行くと、ネクタイにジャケットを着た夫が、超ご機嫌な顔で出迎えてくれた。きっと今日が特別な日ってわかっていらっしゃると思いますよ、とスタッフが言ってくれた。やっぱりとってもカッコいいんですよ～。振り返ったら普通の夫になっていた！なんて奇跡はなかったけれど。

毎年ここでと決めているレストランで、素敵な食事と恒例のビールとケーキでお祝いをした。途中でお吸い物を飲ませたら、そっぽを向かれた。それではとビールを飲ませたら、おいしそうに飲んだ。ちゃ～んとわかっているのね。

知らないところなので少し緊張気味で笑顔がなくなったが、私はそれでもとても満足している。いつもの場所でいつものスタッフに囲まれ、落ち着いた生活ができていることはとても喜ばしいことだが、施設の外に出て、いつもと違う環境に連れ出すことは夫にとっても良いはずと思えるからだ。

もちろん、私の自己満足が大半を占めていることは確かだが、それでもそのことにスタッフはとても快く応じてくれる。職員数が少ない、今年は新人研修も兼ねて二人も付き添ってくれた。

本当は今日は休みの新人さん、わざわざこのために出勤してくれたそう。そして「とても良い勉強になりました」と言っていたそうだ。本当にありがとう。

お出掛けしたついでに、途中私たちの思い出深い公園のカフェでティータイムをしたいと寄ってもらったが、残念ながらお休みで公園を散歩して帰ってきた。

また来年、同じお店で同じようにお祝いができるように、夫には「元気でいてね」と願わずにはいられない。

「毎日を大切に……」。最近、特に我が心に言い聞かせていることだ。

二〇一五・三・二二［桜］

ここ数日、待ちに待った春の到来を思わせる暖かい陽気に誘われ、ランチタイムの後、近くの小学校までお散歩をしてきた。

寒さが厳しくなかなか行けなくて、本当に久しぶりの小学校までの散歩だった。

ランチ後でお腹も満たされた夫のご機嫌はとても良く、しかし昨年暑くなる前によく行っていたころと比べると、やはり夫の病気が進行しているのを肌で感じた。

横断歩道の白線が渡り辛く、いちいちまたいでいるのは相変わらずで、今はさらにほんの少しの色の変化にも歩きにくく、平坦だということを認識できない。

ほんの十五度ほどの坂も、足の運びがずいぶんと危うくなっている。平坦で同色の道路以外はほとんど両手を引いていくことになった。

また、ちょっと立ち止まるということができず、永遠に歩き続けるのかと思える歩き方をすることが多くなった。方向転換は大きく大きくしないといけない。急に方向を変えようとすると、途端に顔つきが変わったりする。方向転換は夫の中で自分の意に反することなのだろう。

そんなこんなをクリアして無事に小学校に着いたら、何と桜の木が三本見事に開花していた。

待ちに待った桜の季節がやってきた。

何だかとってもうれしくて
「ほら桜が咲いたよ」

と言ってみたが、すっかり背中が丸くなった夫は上を向くことが難しく、きれいに咲き始めた桜を見せてあげることはできなかった。

もっともっといっぱい咲いたらきっとわかるよね。桜の下でビールとおつまみ楽しもうよ。もうすぐそこね！　満開の桜の季節がやって来るわ。

楽しみ、楽しみ♪

二〇一五・三・二五　[笑顔]

夫は時々、とても素敵な笑顔を見せてくれる。

病気になる前のままの笑顔。ちょっといたずらっぽくもあり、はにかんだような本当にやさしい笑顔で私を見る。たま～にだけれど。

それは病気になる前の、毎日見ていた懐かしい笑顔だ。すごくうれしくて、ずっとこの笑顔が続けばいいのにと神様にお願いしているのだけれど、なかなかお忙しいようだ。

当然だけれど、怒っている時より夫の心もとても楽なはずだ。そうなると人間は欲が出て……、もうとっくにあきらめたはずの不穏のない生活、そんなことが叶わないだろうかと、またまたネットで検索してみた。

もう何度も何度も調べ、そんな魔法のような方法はないこともわかっているのに。それでも何とか毎日笑顔で過ごせないものかと、どこかの誰かがそんな魔法を使って夫を笑顔にしてもらえないだろうか。

だけど、やっぱり……そんな方法はない。

せめて、どうしたら一瞬でも笑顔になれるか。笑顔になれる瞬間の決まった法則がわかれば、何でもしてあげられるのに。その法則も見いだせない妻なのだ。

だけど、今日は自然体の夫らしいやさしい笑顔に出会えた。

そんな夫と施設内をたくさんお散歩し、明日もあなたらしいその笑顔でいてねってお願いしてみたら……、ニッコリ笑った。

時々だから価値もあるってものかもね。

二〇一五・三・三〇　【認知症ということ】

ふと、映画「明日の記憶」を思い出した。

主人公の若年性認知症患者が、仕事を辞めた後に通い始めた陶芸教室の先生に、支払った代金を何度も請求されていたというくだりがあった。

夫も、認知症を発症してから会社に勤めていた数年の間、毎月財布に三万円を入れ、小銭入れに千円ぐらいを持たせていた。

自販機で珈琲を買うぐらいなので小銭しか使わないはずだが、通勤途中などに何かしらのアクシデントがあるかもしれないと思い、毎朝確認して持たせていた。

そのうち時々一万円札がなくなっていることがあり、夫に聞くと、「業者に貸してって言われて貸した」と言う。手帳にもそう書いてあった。でも返してもらったかは覚えておらず、手帳にもその記述はなかった。

むやみに人を疑えないが、自己防衛はやはり必要と考え、それからは一万円と小銭にした。その後は一万円札がなくなることはなかった。

「認知症になるということ」はそういうことなのだと感じた時は、何だかとても悲しく切なく、胸が痛かったことを記憶している。

夫が生きていく上での何もかも全てを私が理解し、そして決断をしていかなければいけない。それが本当にしんどい作業で……。

認知症患者が生活していく中で、いろいろな出来事が発生するわけだが、それを家族が丸ごと抱えていくには、知恵と！勇気と！度胸と！強～い精神力！が必要だ。

能天気に遊んで人生を終えたかった私としては、思わぬ展開になった。

でも……妻だから……頑張ります！

二〇一五・四・二　［夫のご機嫌］

何度も書いている夫のご機嫌のこと。先日の暖かい日の夕方、ビールとおつまみを持参して公園に行って来た。

以前からよく行っていた公園で、もっとしっかりしていた頃は四季折々に咲く花に、夫はとてもうれしそうにしていた。広すぎず、狭すぎず、施設から車で三分ほどのところにあり、出店はないが私たちの行きつけの公園だ。

花の命は短く、お花見に行くにはなかなかタイミングが難しい。なかなか休日に合わせられないので、仕事終わりに急いで出掛けてきた。けれど車の乗り降りがなかなか難しい夫なので、車から降りるのに一苦労し、結果ご機嫌斜めに……。

何とか公園を半周したのだけれど、椅子に座ることができず、ベンチでお花見とはいかずにそのまま帰ることにした。

さて、今度は車に乗せるのにまた一苦労。車の乗り降りは夫にとって自分の意に反する行為なのだろう。すごい勢いで怒っている。

障害者用の駐車場に停めたのでわかってもらえているとは思うが、周りの方々の視線を何となく感じ、「いえ、虐待しているわけではありませんから」と心の中で思いながら、何度か仕切り直しをして、無事車に乗せて帰ってきた。

こういう時、例えば車椅子なら見た目で障害者とわかるので、周りの方も手助けをしようと思えるのだろうが、ただただ怒っている人相手には遠巻きに眺めるしかないですよね。お騒がせしました。

そんな感じなので、お出掛けする心が折れそうで……、それでもやっぱり外の風と空気と、お日様と青空を、夫に感じてもらいたいと思う。さて、どうしたものか。

二〇一五・四・二 【すごいのよ～】

先日とまったく同じ状況があった。

今日の夫は、夕方の時間としては数少ないご機嫌の日で、良い笑顔で出迎えてくれた。

そのままビールと食事の時間を迎え、おいしくいただいた。その食事が終わった途端、ソファから不機嫌に立ち上がった。そんな時は何かある時だ。

案の定ズボンのファスナーを下ろし、ホックを外そうとしていた。今日のスタッフは一人だったが、そんなことはすっかり忘れていて、思わず、「すみませ～ん」と居室からスタッフを呼んでいた。

今日は呼んでも叱られないスタッフだったこともあり、すぐに来てくれて、

「あっ！　もう出ちゃったかな～」と言いながらトイレに連れて行ってくれた。でも替えの

パットを取りに出てくることなく、しばらくしてトイレから出てきた。

「すみません、出てなかったですか」と聞いたら、

「いいえ~我慢してらっしゃったんですね、きっと！　便座に座ったらすぐに出ましたよ」

と何事もなかったように言ってくれた。

あまりに普通に言ってくれたので、普通にそうなんだと思ったが、よくよく考えてみるとすごいじゃないと思えてきた。

今に至ってもまだトイレで用が足せることを、ことさら喜ぶほどのことではないかも知れないけれど、やっぱり夫が用を足したい意思表示ができることを喜びたい。

そしてそれができた時、ちゃんと受け止めてくれる素敵なスタッフであることを、心から喜びたいと思う。

そんなことで、私の「今日」が素敵な一日になった。

いつもいつも本当にありがとうございます。

二〇一五・四・一三　【ハーフハーフ】

お昼休みに行くと、夫は食卓テーブルにひとり座っていた。私が行く頃は大体食事は終わっていて、座っていられる時はいつもそのテーブルでゆっくりと過ごしている。

「ただいま」とピカピカの笑顔を届けると、ニッコリ笑ってくれた。

こんな時はとても幸せだ。歯磨きがまだ終わっていなかったので、洗面所で歯磨きをした。最近は、最後のブクブクペッ！がなかなかできなくて口に含んだままでいたり、飲んでしまったりすることが多いが、今日はちゃんとブクブクペッ！ができた。洗面台の外に……！

でも、そんなのは拭けばいいいし、できたってことでＯＫ！　普通の生活レベルからすれば何だかな～って感じのレベルの話なのだけれど、いいの！ご機嫌さえよければ。


夕方行くと、浅田真央ちゃんじゃないけれどハーフハーフって感じ。でも、たとえ十分の一でもご機嫌の良い瞬間があればいい。そう思える今の夫には、とても貴重な二分の一。妻の思いっきりの笑顔と、ほどよい笑い声で笑顔にはなるのだけれど、次の瞬間はまた顔が曇っている。

夫のためとはいえ、私もそうそう満面の笑顔で声高らかに笑っていられない。認知症の人にとって、感情を出せることが元気な証拠というところもありとても複雑な気分だが、やはり夫なくして私はないわけで……。

うん！元気で過ごそう！

二〇一五・四・一五　［温かいうちに食べて］
――もうすぐご飯だよ。
――ありがとう！　暖かいうちに食べて！

最初が私、後が夫。

笑えました！　笑いながら涙が出た。夫の性格がよく表れたやさしい言葉だ。病気になる前の生活の記憶から出た言葉かもしれない。けれど私が夫に言う場合、

「暖かいうちに食べよう」とは言っても、

「暖かいうちに食べて」とは言ってなかったと思う。

だって……「食べて」というより、やっぱり家庭では「食べよう」だよね。

そうなると、毎日スタッフが入所者の皆さんにそう言っていてくれているというのが一番的確かも知れない。実際のところ、正解は誰にもわからない。

普段は言葉での表現はとても難しくなっているが、耳は聞こえていて毎日聞く言葉がインプットできるとしたら。そして、それをごく稀にでも言葉で表現できるとしたら。

夫の独り言に私の独り言で答えることに時々空しさを感じるが、それでも問いかける言葉や会話を大切にしないといけないと感じた

たった二行のこの会話。介護者に向けた強いメッセージのような気がした。

夫が時々私にくれる感動。

その後は「＊＃＆％？＠……」さっぱりわからないいつもの会話になった。だからこそ、なおさら感動なのだ

二〇一五・四・一九　［落ち込むんですけど］

今日午後に施設に行くと、部屋にもフロアにもいない、ショートの方にもいない、一周してやっと見つけた。そんな時は高い確率でご機嫌が悪い。案の定、怒りの顔をしていた。

何度か施設内を一緒にまわり、それでもご機嫌は治らず。では……外にでも出ようと、エレベーターに乗せようとしたが、

「危ないじゃないか！」と怒られた。

エレベーターの乗り降りが苦手な夫なので、これもまた仕方がない。

これから施設を作られる方にぜひ言いたい。認知症の人のことを考えて作るなら、フロアとエレベーターの床の色を一緒にしてもらいたいものだ。色が違うために床があることがわからず、下に落ちる気がして怖くて乗れないのだ。鬼門のエレベーターのために一階に降りられない夫、これもまた仕方がない。仕方がないことばかりで可哀想だが、私にはどうすることもできない。

そんな不機嫌な夫だが、最近はその怒り方にスタッフも私も慣れ、遠くからそっと見守る時間も多くなった。私も慣れて……、

「#%&@$……バカやろう！」

すごい顔でそう言われた。それを笑い過ごすほど成長できてない私。それでも頑張って笑顔を送り続けた。でもダメだった……。

今日は奥さまの顔も判別不能のようで、これ以上いると私が壊れそうなので、こんな時はス

タッフに任せ、夕食まで待たず帰ってきた。こんな日もあるさ！

二〇一五・四・二一【同情される夫】

夫が今の施設に来て四年が過ぎた。それでも未だに施設に入所しているアルツハイマー型認知症の方の中で、たぶん一番若いであろう夫は、同じように入所されている方によく同情される。

若いのにこんなになってしまって……かわいそうに。

立派な男なのにね〜……。

あんたは娘さん？奥さん？

家でもこんなだったの？

どうやって生活してたの？

……

本当に可哀想だね、こんなに若くて男前なのに。こんなになって、毎日わけのわからないこと言って、床や壁をトントン叩きながら歩き回るし、怖い顔して怒ってばかりだし。施設で同居している皆さまに、たくさん嫌な思いをさせていることでしょう。

そんな状況にため息が出ることがある。入所しているということは、皆さんも全員それなりの病気なのに、その方たちに同情される夫……。

同情の言葉を聞きながら、涙があふれるのをいつもグッとこらえる。

「可哀想な夫」かぁ……。

私はいつになったら全てを受け入れ、女神様のように慈悲深く寛大な心で夫と向き合うことができるようになるのだろうか。

いつになったら……。

二〇一五・四・二三［すみません］

夕暮れ症候群?そのものの夫。夕方は目や眉を吊り上げ施設中を歩き回っていて、なかなか部屋に誘導できない。やっとの思いで部屋に入り、おつまみとビールと夕食が運ばれてくるのを待った。

運ばれてきたディナーを食べながら怒っている。怒っている様子を食べ方にまで表わせる夫に、「どうしてご飯食べながら怒っているの?」と思わず口に出た私。

夫は頭を下げ、「すみません」と言った。

これには笑えた。まるで認知症を感じさせない返事だ。

「じゃあ許そう!」

と言うが早いか、また怒って食べてる。

そして突然、「お金がない!」と言うので、

「うちにはもともとないよ!」と言ったら……黙った。今日は妻の勝利のようね!

しかし、何がそんなに怒れてきてしまうのか、今度聞いてみよう。何と答えるのかしら。

二〇一五・四・二七　【世界で一番残酷な病気】

認知症になった夫を見続けて十五年。世の中で一番残酷な病気だと思ってきた。

ＮＨＫの「ハートネットＴＶ」にＡＬＳの方が出演していた。ＡＬＳとは筋萎縮性側索硬化症のことで、体中の筋肉が侵されていく病だ。一年ほど前にも出演されていて、その体験がテレビドラマ化もされた。

あれからずいぶん病状が進み、動いていた唇も動かせなくなり、現在はまばたきでパソコン入力をしているという。いずれ目を開ける筋肉も衰え、それもできなくなり、暗黙の世界になるそうだ。友人に、「生きたい」と「死にたい」の狭間にいると弱音もつぶやかれた。

そんな彼だが、今までもこれからもＡＬＳを治すことを目標にしている。アメリカで治療薬の治験が始まっているそうだが、日本でそれを使えるようになるにはまだ何年もかかる。待っていたら死んでしまう。（その気持ち、痛いほどわかる）治る可能性があるのに試せない悔しさ……。

「難病患者が新たな治療法を試せる仕組みを作りたい」との思いで活動を始められた。広告プランナーの彼の思いに、ライバル会社の方たちも協力を申し出て一緒に活動しているそうだ。

脳はしっかり何でも理解できるけれど、体中の筋肉が衰え呼吸さえもできなくなる自分との闘い。脳も体も衰えていき、でも衰えていることも理解できない夫。どちらもとっても残酷だ……。

「難病患者が新たな治療法を試せる仕組み」

これは認知症にも、そして他のどの病気にでも言えることだ。ぜひ早く、その仕組みが構築されることを待ち望んでいる。

二〇一五・四・三〇 【延命措置】

若年性認知症になられた方のご家族の多くは、胃ろうを含め人工呼吸器等延命治療を望まないと言われる方が多い。今までたくさん苦しんできた人を、延命処置をしてまでも苦しめることはあまりに可哀想で、それを望む気持ちになれないからだ。

しかし、そう決めていても、いざ最後の決断の時、誰しも迷う。私も全ての延命治療を望まないと施設にも伝えてある。だけど、そんな私も、きっとその時になると迷うだろうことはわかっている。命の問題だから当然で、迷いに迷いながら、十分考え、結論を出すべきことだと思っている。

ある方のこと、病院から「ご主人の延命措置を望みますか?」と連絡があり、決めていたことであってもやはりとても迷ったという。せめて病院に着くまで何とか生きていてほしいと願いながら、子どもたちの意志を再確認した。そうして、前から決めていた通りに、「延命は望みません」と答えたそうだきっと心が張り裂けるほど辛い決断だったに違いない。私たち家族には、この先この辛い決断をしなくてはいけない時が待っている。本当に他人事ではない。この難題を避けて通ることができたらいいのにと思う。

その時、延命してほしいと思うようなことがもしもあれば、夫には申しわけないが自分の気持ちに正直になろうと思う。

二〇一五・五・一八 [イケメン]

毎月理容師、美容師の方が施設を訪問してくれている。

今日はその理容の日。私が行くと夫はすでにきれいにしてもらい、お風呂にも入り、とても良い顔をしていた。

「ご機嫌よく」も伴い、とってもイケメンの夫がいた。

自分では何もできなくなったからこそ、やっぱり外見も大切にしてあげたい。

とても幸せな気分です♪

二〇一五・六・一八 [夫は……]

ここ一カ月ほど私を悩ませた施設での一連の騒動などどこ吹く風、今日お昼に行くと夫は部屋のソファでうたた寝をしていた。

「今日は部屋でお昼ご飯を食べたのですか？」と聞くと、「そうなのです。そしてそのまま寝てしまわれました」という。

最近お昼に行くとほとんど寝ている。これも病の進行の一つだろうか。

不穏の時が多い夕方だが、今日はとても良い笑顔で出迎えてくれた。

ソファや椅子に座らせるのもなかなか難しい。絶対膝を曲げない！という意志がありありで、そんな時は立ったままビールを飲んだり、立ったまま食事をしたり……。

でもいいの！　すっごく元気だから。元気で立っていられるから。立ったままでもいっぱい食べてくれるから。

最近はそう思えるようになった。

そんな日が多い中、今日は夫らしい柔らかな笑顔でソファに座ってくれた。良かった！

二〇一五・六・一九　【虐待】

施設ではいろいろなことが起きている。何と言っても、入所している人たちは高い確率で自分の感情がコントロールできない認知症を患っている。夫に限らず不穏の状態に陥る方が多い。そんな時は高齢の女性であってもすごい力で抵抗する。

今日そんな現場を目撃した。

お昼に行くと、その方はすでに食事は終わっていて、スタッフが薬を用意して持っていくと、怒りモード全開でそのスタッフの腕を思いっきりつねっていた。

見ていた私は思わず「あ～」と声が出てしまった。（小さな声です。）

きっとそんなことは日常茶飯事なのだろう。現場のスタッフは、実際怪我をされる方もきっと多くおられると察する。家族を代表して心から申しわけないと頭を下げたい。これを〝逆虐待〟と言うのだろうか。

しかし、ふと思った。

職員が逆虐待の証拠写真を撮っておくことは容易にできる。けれど利用者が虐待を受ける時、それができない。そんなのって、ちょっと不公平じゃないかしら？　なんてね。

ただただ、認知症患者の暴力暴言に日々耐えてくださってありがとうございます。

夫もごたぶんに漏れず暴言多発でしょうが、それもこれも心にしまい、耐えて耐えてくださり感謝です。

それにしても、近頃目にする病院や施設での虐待の映像にはとても心が痛む。その環境に置かれると、人間としての感覚が狂うのか。命を相手にしているという感覚が麻痺するのか……。

恐ろしくて映像を直視できない。

夫は私が持参した本物の（!?）メロンをペロリと食べ、ビールを飲み干し、ご機嫌よろしく。

……これからも平和な毎日が過ごせますように！

二〇一五・六・二〇 【幸福感】

午前中に少し予定があり、夫のもとへ着いたのはお昼一時前。もちろんお昼ご飯は終わっていて、椅子に座ってうたた寝をしていた。

せっかくの休日、時間はたっぷりある。寝ている夫を起こし、スタッフにお願いして無理やり立たせてもらった。

エレベーターも難なく乗り、一階に降り、車に乗せてみることにした。ところが、私の目論見は見事に外れ、どうやっても乗車拒否された。

仕方がないので、久しぶりに外を散歩し、そしてユニットに上がり、フロアでゆっくり過ごすことにした。

時々眠りそうになる夫に、

「寝るの? 寝ないで~! せっかく愛する奥さまが来ているのだから話をしようよ」

と声を掛け続けて起こしておいたけれど、それでもご機嫌を損ねることなく、ずっと笑顔で、ずっとお話ができて、ずっと声を出して笑ってくれた。

そして口笛なんかも披露して……って!

「ちょっと待って!」と部屋にスマホを取りに行き、ビデオを撮りたかったのに……。間に合うわけありませんね。

「ねえねえ、もう一度なんてどうかしら」

と言ってはみたものの、そんな安売りしませんか。ところが何とまた口笛を吹いてくれたのだ。しかし、またもスマホのロック解除に手間取り、撮影はできなくて……。

でもでも今日私が施設にいた二時間半、ずっとずっと素敵な夫だった。

普通に暮らす人には味わうことのない、小さな小さな本当に小さな幸せ。

夕食時間に合わせてまた行く予定だったけれど、やめておくことにした。その時間に夫がどういう状況になっているのか、まったく予測ができないというより、ほぼ高い確率で不穏の顔をしているはずだ。今日は、今日ぐらいは、この幸福感に浸ることにした。

こんなふうに毎日暮らせたらいいのに。

認知症にならなかったら決して感じることのなかったであろう、すごくささやかな幸せだ。

二〇一五・六・二一　【幸福感②】

認知症であるが故に、今のことが一分後にどうなっているかわからないといつも思っている。

それは良くも悪くもで、今ご機嫌良くても一分後は悪くなっていることもあるし、今ご機嫌悪くても一分後に良くなっていることもある。そんなことを毎日経験すると「今」を信じられなくなる。そんなわけで昨日の夕方は行かなかった。

お昼前に行くと、今日もとても良い顔で座っていた。またまたうたた寝をしているので、起こして散歩に行こうと促したが、まったく立つ気がなく、フロアで過ごすことにした。

昨日に引き続き今日もとても上機嫌で話をし、声を出して笑ってくれた。そんな夫と二時間ほど過ごして帰ってきた。

そして今日は夕方も行って来た。フロアの椅子に一人で座っていた夫のもとに行くと、なんだか香りが……。

あらら～、新人さんしかいなくて申しわけなかったけれどでも、これもきっと学んでいるでしょうから呼んでお願いした。結局、汚れていて洋服の上下全て総取り替えになり、新人さんとっても頑張って換えてくれた。本当にありがとうございます。

大体において、そういうことをすると夫のご機嫌が悪くなるが、今日はそんなことはまったくなく交換してもらってさっぱりとした夫は、居室で、
普通に……、普通に……、普通に……、
足を組みくつろいだ姿で、ソファに座り、ニッコリとしてくれた。

家で暮らしていた頃と何も変わらない夫がそこにいた。

心からうれしく、心から幸福を感じた。

あの頃。毎日毎日泣いて過ごしたあの頃、こんな日が来るとまったく思えなかった。

だけど今、「幸せ」を心の底から感じている。

私の「幸福感」はこれなのだろう。

二〇一五・七・一 【いい感じで】

以前から聞いていた施設の人事異動が今日あった。

夫のいるユニットも二人の異動があった。とても信頼していたスタッフが移動になり、心底残念ではあるが、彼女の介護力を必要としているユニットがあるのだから、それは仕方がないと思うことにした。

この彼女との最初の出会いは、ある意味運命的だった。

私は彼女の言葉に、上司を通して苦情を言ったことがある。それは彼女の心を傷つけたと思う。もともと彼女の介護に対するスキルは高く、素晴らしい介護をする人であった。しかし出会った頃の私にそれがわかるはずはなく、ころころと入れ変わるスタッフの一人でしかなかった。そんな彼女の言うことが、私の期待していたものではなかったのだ。

その後、彼女の介護を受ける中で、私が最初に感じたのは言葉の受け取り方の違いだとわかり、今ではとても信頼できる介護士になった。

家族の思いに寄り添うことが自然にでき、日々の介護を通じて彼女の介護力が素晴らしいことを実感し、たくさん話をしたことが、入所者家族と介護士としてだけでなく、人と人として深い信頼関係につながるのだと感じさせてくれた。

この業界の一番の案件であろう職員の確保、そのことについて私がとやかく言うことは何もない。夫を含めた入所者が安心して暮らせればそれでいい。

伝えていくこと、それは非常に難しいと思う。人が変われば言葉も変わる、その言葉を受ける心も変わる。けれど、やっぱり向き合うのは入所している方たちだということだけは受け継いでほしいとずっと願ってきた。

そんなことが、何とかいい感じでいきそうな予感がする。今回移動するスタッフの介護を受け継いでくれるスタッフがいる。彼女も入所者に寄り添い家族に寄り添う、そんな素敵な介護ができる介護士だ。

スタッフの一日はとても忙しい。そんなスタッフに話しかけると、その時予定していた業務ができなくなるわけで躊躇する。そして夫を連れて散歩に行くことになる。

けれどスキルの高いスタッフは、時にはどなたか入所者の手を引き、時には目で追いながら、私を見つけると話しかけてくれる。業務が大事か介護が大事かという二者択一ではなく、バランスがとてもいい。

こういった素敵な介護士がたくさん育ち、夫たち入所者に力を貸してほしいと心から願う。

二〇一五・七・三〇　［泣く場所］
泣きたい人が集まって、みんなで泣く場所がある。
そんな話題をテレビでやっていたのを見たことがある。
今日、夫と同じフロアで同居していらっしゃるおばあちゃまの娘さんと話をした。そのおばあちゃまは不穏が強い日があり、そんな時は暴言などがある。今までのことや今のことを話をしているうちに、二人とも涙が出てきてしまった

自分の母親が、想像もしていなかった顔をして、想像もしていなかった暴言を口にする。それがどんなに受け入れがたいことか、想像すると辛い。どうやって良い方向に考えたって、辛いものは辛いのだ。

そのおばあちゃまと夫は同じテーブルで食事をしている。夫のことを息子のように大事にしてくれている。

時々私が話していると怒られる時がある。そんな時、さしずめ私は憎っくき嫁の位置づけか。偽息子の夫も、そのおばあちゃまには怒らないらしい。それがそのおばあちゃまの自慢なのだ。お互い何か通じることがあるようで、会話が弾んでいることもある。

そんなことを娘さんと話していて、お互いうれしいやら哀しいやら……。

私たち家族は嫌でも現実を突きつけられ、そのつど涙をこらえ辛さに耐えている。それがたまに心からあふれてしまう時がある。

今の私の泣き場所は。お風呂の中。そして、「泣いていたって何も解決できない」といつも自分を奮い立たせる。

だけど、時々一生懸命涙をこらえている自分を、思いっきり解放したくなる。

そんな時に有効なのだろうか、皆で泣くその場所は……。

二〇一五・八・六　【三日間】

三日間いろいろな予定が続けてあり、夫のもとへ行っていない。三日間ともなると、いろいろと気になり始める。お昼には行っているので元気でいることはわかっているが、夕方不穏の時が多い夫。スタッフが、

「だいたい四時頃から少し不穏になりますが、私たちでもお腹が空いてくるとご機嫌悪くなりますし、一日中ご機嫌よくなんてしていられない時もありますしね」

と言ってくださった。

毎日不穏の時間にスタッフや周りの入所されている方に迷惑をかけているだろうと思うと、いつも心が痛い。でもそう言ってくださると少し気持ちが安らぐ。

「私が一番好きなのはあなたの笑顔」。そう言っていつもささやいているのだけれど、このささやきの効果はイマイチのようだ。

ところで、最近私のブログによく登場してくださるおばあちゃまは、不穏の時スタッフが通ると洋服や腕をつかんだりするのに、夫が通るとスッとどいてくださるそうだ。本当に夫のファンのようだ。

でもね〜、妻の座は明け渡せませんからね♪

二〇一五・八・七　［なつ喫茶］

施設の恒例になっていた「夏祭り」が中止になり、その代わりに「なつ喫茶」が催された。

特養、デイサービス等々合わせると一五〇名ほどの施設なので、「なつ喫茶」は多くの人で賑わっていた。夫は早々に喫茶会場に降りていき、かき氷や綿菓子、そうめんやたこ焼き、スイカにコーヒーフロートなどなど、何種類も堪能した。

最近入所されたお仲間のご夫妻と同じテーブルに座り、いろいろお話もでき、満面の笑顔で束の間の楽しい時間を過すことができた。

そろそろ混み合って来たので居室のフロアに戻ろうと立ち上がるのを促すと、なかなか立ち上がらない。スタッフの力を借りて立たせると、
なんと、とっても不穏になった……。

いつまでも座っていたかったのね、でも、そうもいかないの。ごめんね。またいつか夏祭りが開催されるといいね。

こういった行事をする時、日頃の業務の他にその準備などの時間を作らなければいけない。それでも利用者のためにと計画してくださるスタッフたちに感謝いっぱいだ。

外との接触がほとんどなくなり、変化のない日常を過ごしている夫たち入所者にとって、非日常を感じることができる様々な行事は、少なからず脳や心が動く瞬間だと思う。これからもこんな時間を大切にしていきたい。

二〇一五・八・九 〔向き合う〕

いろいろと心が乱れる出来事も多いが、極力平常心で夫と向き合うよう努めている。

ランチの食事介助を兼ね、お昼前に出掛けて行くと、椅子に座りいびきをかいて眠っていた。もうそろそろランチタイムだよ〜♪、と起こして食べる準備に。

でも目は半開きで（怖っ！）、食後はソファに場所を変え、また寝ている。夜眠れているのだろうかと心配になる。

そして一度帰宅し、夕食時も出掛けて行った。夫の姿がなく、施設内を一周するとショートステイの方にお邪魔していた。

ショートの方はお元気な方も多い。夫が不穏状態でフラフラ行くと迷惑をかけると思うので、できれば特養の方にいてくれると良いのだけれど、歩きたければ自由に歩かせてあげたいし、なかなか難しい。

そのショートで見つけた時、とってもご機嫌でとっても素敵な笑顔で立っていた。もう一人特養からお邪魔していたおばあちゃまと二人を連れ、居住地の特養に帰宅。夕食の前に夫と二人居室でいろいろとおしゃべりをした。

「＃＄％＆㊉＊〃☆……？..？..？..」

たまにわかるけど、あまりわからない夫の言葉。でも、そんな言葉もいつかは聞けなくなると思うと、ちゃんと夫に向き合い、言葉を聞き逃さないようにしないと。

そうでしょ
う〜んいいの
ダメだ！
そう
いいよ
いくの？
ここにいるの？
今日の会話の中で答えてくれた夫の返事。ほぼ単語だが、まだまだいっぱい話ができる。たまに、とっても良いタイミングでこちらの問いかけにも答えてくれる。でも、いつの日かこの単語さえも失う時が訪れる。
一言一言しっかり胸に刻んでいかなければ。そう思うと夫の声がとても愛おしい。

二〇一五・八・一二 ［眠る］
お盆も近いことだし夫をお墓詣りに連れて行こうと思い、日中はとても暑いので朝の早い時間に施設に迎えに行った。着いたのは八時頃で、朝食がちょうど済んだところだった。
それなのに、夫は食卓で体を斜めにして爆睡していた。はぁ〜？まだ起床して間がない朝食後だよね、と思いながら何とか起こして車に乗せた。

そして、すぐ眠った……。

墓地に着いても起きることはなく、駐車場からすぐの場所にお墓があるので、結局夫は車に残し私だけお参りをしてきた。ついでに、挨拶がてら夫の実家にも立ち寄った。「中に入って」と言われたが、車内で夫が眠っているし、起こしても車から降りることは不可能なので、そのまま施設に戻った。

施設の方にお願いして爆睡している夫を車から降ろしてもらった。そしてユニットに戻り、コーヒーを出していただき……、また眠った。

最近は本当によく眠っている。

夜眠れていないなら、昼間は極力起こして昼夜逆転しないように努めてほしいし、夜眠れていてなおかつ昼間寝ているのなら、それはなぜなのか、そんな疑問を持って接してほしい。

いつも思うけれど、家族から言う前に報告がほしい。

――最近よく眠られているんです。何か問題はないか、少し様子を見ていきたいと思います。

それだけでいい。それだけで家族は安心できるのです。ちゃんと看てくださっているのだと思えるから。

認知症という治すことができない病気なのだから、全てのことにおいて何かしらの成果や結果を求めているのではない。入所している方たちのお世話は本当に大変だと思うが、生活を看ていただいているスタッフの皆さんだからこそ気づくことができる、スタッフしか気づけない、そんなことがたくさんあるはず。

このところの夫の様子も、もう一カ月以上前から折に触れ聞いたりしてきているけれど、夜勤者は「夜は寝ています」と言われるし、昼勤者は「今日はトイレ以外は寝ていました」と言われる。

不穏、暴言、暴力、失禁に食べこぼし、本当に本当にごめんなさい。どんなに頭を下げても下げ足りない。それでもお願いするしかないのです。変化に気づく目や耳や心を磨く努力をしてほしいと。

二〇一五・八・二二 【それでいい】

夫の睡眠時間のことをスタッフに尋ね、様子を見ることになって一週間。

なんと夫は正常の生活リズムに戻った。

私とスタッフとの話を聞いていて、「え～、寝ていてはいけないの？」なんて思って起きているようになったのかどうかは定かではないが、その後のスタッフ全員のちょっとした気遣いに夫の五感が感じてくれたのか、いずれにしても夫が本来の生活リズムを取り戻してくれたことがうれしいとスタッフに話をした。

夫が施設に入所して四年、当初から私が施設にお願いしているのは、スタッフ全員が入所者の情報を共有していないと、介護の全てにおいて不利益はあっても利益には成り得ない、ということ。

実際、誰に聞いても自分が勤務していた間のことしか答えてくれないし、他の時間帯のことは知らない。スタッフ個々の情報を集め、介護を受けている「夫」の一日の、一カ月の、一年の状態を、常に私自ら理解に努めなければいけないことになる。

なにはともあれ夫が夫らしく生活してくれるようになった。

それでいい……。

二〇一五・八・二五　【心変わり】

「延命措置は望まない」、そう決めていると書いてきた。

けれど、毎日毎日夫と過ごしてきて、施設での生活はすでに四年と半年。家庭ではなくたとえそれが施設であろうと、普通の夫婦のように会話はできなくても、悩んでいる私の相談に答えてくれなくても、それでも私たち夫婦の時間には何も変わりない。間違いなく夫は私の傍で生きていて、生きていることで確実に私の道しるべになってくれている。

「ご機嫌よく」や「不穏で」だったりするけれど、泣いたり笑ったり怒ったり、そんな毎日が私たちの「普通」になってきた。

そんな夫が決断を求められるような状況になった時、

「それでも夫は生きている」

そう思うような気がしてきた。

延命を望むことは夫にとって辛い選択かも知れない。そう思うから延命措置は望まない。そう思って来たが、やっぱり夫のいない生活など考えられない。

今はとっても元気だけれど、いつかやって来るそんな時、夫の気持ちを察するだけでなく、私自身の気持ちに正面から向き合って決めようと思う。

たぶん、「どんな方法でも延命をしてください」と、そう医師にすがる気がする。

私の心変わりは、これからも幾度となくあると思う。とても大切で、とても簡単に決められることではない。だから、迷いに迷い、その時の自分の気持ちを大切にしたい。

そう自分に言い聞かせながら、夫を見るにつけ、入所している方たちを見るにつけ、その選択の時期がいつまでも来ないことを、ただただ祈るのみだ。

二〇一五・九・一　［施設長に……］

今日施設長に呼び止められた。先日、外に散歩に行こうと一階に降りると、夫は外ではなく事務所に向かって歩いて行った。そして、たまたまドアが開いていたのでそのままスルリと入って行った。顔はとってもご機嫌で……。

いくつかの机の前を通りホワイトボードのところで立ち止まった。そして事務所の皆さんの方に向かって立ち、ニコニコして何か言いたそうにしていた。

私が、「何を考えているのでしょうね……」と何げなく言ったそのことに対する施設長なりの思いを話してくださった。

「ご主人は、実は何も忘れてはいないのですよ」

会社で仕事をしていた記憶とプライドも、そして男として一家の大黒柱として家族を守ってきた記憶とプライドも、言葉にして表現できないだけで。認知症になると何もかも忘れてしまうと思われがちですが、うまく表現できなくてそれで不穏になったりする。そのことを理解してこちらから言葉を掛けてさしあげてください。

旅行から帰った報告を夫にした日、帰り際にいつもは「ハイ」と言ってくれるのに、言ってくれなかった。

「置いていかれたこともわかっているのですよ。そんな時は何か怒っているの？と聞いてみてください」

どんなきれいごとで飾ってみても、現実を思うと「認知症だからわからない」、そんな思いがあることも確かだ。けれどこれから夫との会話にもう少し気を付けてみようと思う。常日頃、夫は私のことを、なんだかよく見る顔のおばさんだなぁ、ぐらいに思って見ているのかと思っていた。だけど、

「それは違いますよ！　絶対奥さんのことはわかっていて、ご主人は今でも奥さんのことを守っておられるんですよ」

と言われた。

私は家族なのでいろいろなことを良い方に考えたいが、やはり現実的に考えてみると、どうしてもいろいろなことを「忘れゆく夫」という思いがある。

けれど、夫は私が妻ということもわかってくれている。そう思うことにした。

今日、夕食後の帰り際に、「じゃ帰るね、また明日来るから待っててね」と言うと、いつものように、「ハイ！」と言ってくれた♪

二〇一五・九・八　【認知症】

ここ数年、頻繁にテレビで取り上げられる認知症、今日もそのテーマの番組があり、さほど見たいわけではないけれど、やはり何げなく見てしまう。認知症患者を持った家族の習性なのか。

認知症になりやすい人
①歩幅が狭い人は広い人の三・四倍
②昼寝をしない人（しかし一時間以上の昼寝は逆効果）
③歯が悪い人（固いものを噛むと良いそうだ）

って……、我が夫は歩幅は広く、休みにはウトウト昼寝をしていたし、固いものは今でもＯＫの歯だし、それでも認知症になりました！

進行をくい止めるとか遅らせるとか、そんなことはさておき、早く認知症が治る薬を開発してくださいよ、とテレビに向かって文句の一つも言いたい気分だ。

とにかく治る薬の開発を急ピッチで進めてほしいといつも思っている。当然ではあるが、認知症対策がうまくいっているケースのことばかり取りざたされるけれど、ほとんどは予定通り（?）順調に症状が進行してしまっている。

経済環境、地域の環境、家族の環境、本人の性格等々、人はいろいろな環境のもとに生きている。本人への告知があって初めて成り立つこともあるし、告知が適切な場合と適切でない場合もある。そんな中で私も感じていることは、「社会参加をする」こと。これはとても大切だと思う。「社会参加」は、何かの仕事だけでなく、本人の満足感が得られるものと思っている。

夫も仕事を辞めてから坂を転げ落ちるように急速に病状が進んだ。けれど、本人の希望に沿った社会参加の場はなかなか見つけてあげることができず、何より告知していない夫には〝仕事〟としてのデイサービスも納得いかず、どうしてあげていたら良かったのだろうかとテレビを見ていて思う。

同じ病気の人たちに元気を届けるはずのテレビを見るつど、前を向く意欲が低下するのはなぜだろうか。過ぎ去ってきた日々に後悔があるからだろうか。

けれど過去は変えられない。病気も重度の域に来ている夫の行く先は、もう想像ができる。未来に光がないからだろうか。だけど、私は今、夫との日々をとても楽しめている。それだけで十分だ。

　今までの並々ならぬ努力の成果だと自負することにした。

二〇一五・九・一〇【扉】

最近、夕方に行くと施設の扉が閉まっている。四階の夫のいるフロアの入口扉と特養へ通じるユニットの扉が、両方閉まっている
長い人生と夫の病気でとても鋭くなった私の勘。思い当たることがあったので、スタッフに尋ねた。

「最近どの扉も閉まっているけれど、なぜですか」

でも話が二転三転し、結局はっきりした理由がわからなかった。

そして今日、リーダーから説明していただいた。

「夫さんは、どうしても人のいる方へ歩いて行かれる。職員が他の方の対応をしている間に誰かの方へ寄って行かれると、相手によってはそれを快く思わなくてすごく怒る方がおられるので、お互いのためにに緊急避難措置として扉を閉めている」

「ショートの車椅子の方も、歩ける夫さんが近づいて、上から何か言うので怖がられる」

何か変だと思った私の想像通りだった。

だけど、夫がその方を殴ったとか、手に負えない言動をするとかならばわかるけれど、そこをうまくやるのがプロのプロたる介護力の見せ所ではないのだろうか?

ひょっとして夫は周りの方に暴力を……。

で、私にその真実を言えないでいるとか……。

妄想だけが広がっていく。

その時の夫の不穏の状態により……、ならまだわかる。わかるけれど、良かろうと悪かろうと夫が行かないように「閉める」と決めた。

施設の扉は本来閉めることと決まっているそうだ。ならば最初から閉めておいてください。今さらそんなことを言われても……、何かいろいろ……、変なんですけど。

以前いたスタッフがよく夫を居室に閉じ込めていた。

今の状況は居室がユニットフロアに変わっただけですよね。夫が迷惑な行動をしているというのに勝手なことを言わせてもらいますが、特養の2ユニットの間の扉はそのまま閉めていただくことにして、せめて廊下へ行く扉は開けてもらえませんか? ショートに行ってはいけないならば、申しわけないけれどショートの扉を閉めていただいて、もう少し自由に歩ける場所を作ってやってもらえませんか。

皆さんに迷惑をお掛けするので、夫が早く車椅子になってくれないかと思うこともありますが(思っちゃいない!)、今は歩けることを大切にしたいと思います。

とお願いしてきた。

「受け入れる」現実は、いつまでたっても厳しいままだ。これが脳を侵される治らない病の現実なのだと思う。なんだかとても哀しい。

二〇一五・九・一七【鳥を呼ぶ夫】

一週間ほど行っていなかった施設に行き、夕食の時間を夫と一緒に過ごした。

お昼はおにぎりやサンドイッチを持参し、私も一緒に食べる。一緒にと言っても私が行く頃には夫は食べ終わっている。しかし夕食はなかなかそうはいかない。これから涼しくなるのでお弁当を作ったり、スーパーやコンビニのお弁当も利用しながら、居室で夫と一緒にディナーをしようかと思っている。

一週間ぶりの夫は、しばらく治っていた右側への傾きがまた復活していた。

ずいぶんと傾いていたが、以前と同じようにいつの間にか治ることを願ってしばらく様子を見ることにする。

夫のところに行かなかった一週間。

悶々としながら過ごした一週間。

急な展開だが……昨夜無性に夫に会いたくなった。

そう思えるきっかけをくれた人がいた。

「フロアの一角にある観葉植物に何か生き物?を見つけたようで」

(……といってもそれは他の人には見えない夫だけの世界だ。)

「その方向から軽やかなメロディが聞こえてきて。それは、その生き物を呼ぶ口笛、とても素敵な笑顔で……」

なんだかとってもメルヘンチック。うれしくて急に夫に逢いたくなっり、携帯に大切に大切に保存している夫の動画を見入った。

私も大好きな口笛を吹いている夫。

私に話しかけている夫。

食事のカートの前で何やらご機嫌で話をしている夫。

ご飯を無心に口にかき込んでいる夫。

これからもいっぱい撮りたいのに、動画や写真を撮るチャンスを逃してはならない。そう思えた。何と言っても「もう一度! もう一度お願い!」が通用しないのだから。だから、一分も一秒も大切な時間だった。それに気づかせてもらった。

ありがとうの言葉とともにその動画を見てもらった。とても喜んでくださった。心遣い本当に感謝です

夕方、小雨の中、外に連れだした。玄関のドアが開くと、「寒い」と言って動かなくなった。

そんなことがとてもうれしい。

玄関に戻ると相談員が片方の空いている夫の手を取ってくれ、いろいろな話をしながらしばらく一緒に歩いた。涙がこぼれそうだった。

皆さまにご迷惑をおかけしていても……、やっぱり歩いていてほしい。

二〇一五・一〇・四 【ハート目】

夫をお気に入りのおばあちゃまの娘さんが面会に来られていた。

そのおばあちゃまのお誕生日に合わせ、一日どこかに連れて行こうと外出許可を出しに来られていた。

「本人にとってうれしいかどうか、たぶんこちら側の自己満足だと思う」

「来年は元気でいるかどうかわからない、だから今しかないかと思って」

「途中で「帰る！」と言い出したら帰ってくればいいし」

と言われた。

本当に……、私たち家族がいつもぶつかるこの思い。

私もいろいろなことを考える時、私の「自己満足」ではないかと思うことがよくある。けれど、私たちがこの先も生きていくために家族の自己満足も必要だと思う。

夫もひょっとしたら、施設内を散歩に連れて行かれたり、外の空気に当たりに行ったり、食事に連れて行かれたり、そんなことより居室のあるこのフロアでゆっくり静かに過ごしたいかもしれない。

だけど、病気になった夫に私が今できること、それを私の気持ちで考えてもいいのではないかと思っている。

娘さんとそんな話をして、また二人で涙ぐんだ。

いつ訪れるのかわからない「別れ」への不安との闘い。

今はそれを考えないようにしている。

そして、その娘さんが、

「夫さんは、奥さんが来られた時、

奥さんと歩いている時、

奥さんと外におられる時、

奥さんと車に乗られる時、

いつもいつも「ハート目」になって奥さんのことを見ている。

夫さん、本当に奥さんのことが大好きなんだろうなと感じて、

なんかとってもいいな〜と思っていつも見ているんですよ」

と言ってくださった。

今日のお昼、そのあばあちゃまは、「ここで一番いい男はこの人だよ！」とスタッフに話しながらハート目で夫のことを見つめていた。

そして、夕方行くと……別人に変身していた。

二〇一五・一〇・九 【感動の涙】

台風の影響の強風も収まった今日のお昼、秋晴れのとても気持ちの良い晴天の中、歩く速度がずいぶんとゆっくりになった夫と外を散歩した。

そして、時々お邪魔する施設併設の居宅介護事業所の扉を開けたとたん、夫が泣いた……。

「あらあら、どうしたの？」と皆さんに声を掛けてもらった。

そして部屋の中をぐるりと見渡し、何か言いたげに……。

その様子を見ていた一人のケアマネさんが、

「夫さんすみません、席をお借りしました。ありがとうございました」

と席を立ち、夫をその席に手招きしてくださった。すると、夫は穏やかな顔で何か言いながらゆっくりとその席に向かった。結局座るまではいかなかったが、とても感動的だった。

仕事をしていたころ、すごく頑張っていて、すごく輝いていたころのことを、夫の脳が、夫の体が覚えていて、だけど思うようにできなくなって……、そんなことが悔しくて……。

そんなことを夫が今感じているのだと、そこに居合わせた皆が感じた感動的な瞬間だった。

理屈じゃなく、その感性にすごく感動して、涙がいっぱいになった。

このブログを書きながらまた涙。

夫はきっとどこかで何もかもわかっている気がした瞬間だった。

時々いろいろなことに心乱れてしまうが、何があっても、これからもずっとずっと正面から夫に向かい、寄り添って行こうと思う。

二〇一五・一〇・一八　【自画自賛】

夫はとても器用な人で、そしてとてもやさしい人だった（過去形って……）。

我が家のそこかしこに、夫が手を入れてくれた思い出がある。

壁の色が気に入らなかった私のために、夫は二階の壁紙を全て張り替えた。その一枚が何年も前から剥がれてきていて、ずっと気になっていたが修繕する気持ちもなく、何より子どもたちが巣立っていった二階は、私の寝室を除きまったく使っていないので、見なければいいかなどとそのままになっていた。

それを修繕しようと急に思い立った。

ごく一般的な壁紙なので、近くのホームセンターで同じものがあったからそれを一枚だけ購入し、年に数回しか入らない開かずの間のような物置から夫が揃えた道具を探し出し、さて作業開始。

説明書には簡単そうに書いてあったが、やはり夫のようにはなかなかできなかった。けれどそれなりにきれいになり、やれば何でもできるじゃない、私ってすごい！　やったねと自画自賛！

幸い老眼のため細かいところはまったく気にならない。

それにしても夫は「妻のためなら！」とよく働いてくれた。元気なころの夫が懐かしい。

最近落ち着いてきた夫。

ある日突然病気が全快して……なんてことを妄想？していたら、夕食が終わると、

「さっ！帰るよ」

と言われた。何というグッドタイミング。

今日のタイトル「以心伝心」の方が良かったかしら。本当にどこまでも泣かせてくれるわ。

二〇一五・一〇・二〇　［夫仕様］
夫は身長一八二センチ。現在は背中が丸くなり一八〇センチあるかないかだが、施設のいろいろなところが夫のサイズに合っていない。
当然、夫のような身長は老人施設としては想定外で、そして夫のような若年性認知症の人も想定外。キッチンの吊戸棚の高さも夫の身長より低いので、よくぶつかって、「痛っ」と言っている。
笑ってはいけないが、その場面に合った言葉を発することができる夫が、今の私にはうれしく

て、ついプッと吹き出してしまう。

そんな夫のベッドは当然夫の身長よりも短いサイズで、これも仕方のないことと思いつつ、どんなふうに寝ているのかと尋ねてみたりもした。

いつも体を曲げて寝ているそうだ。

かわいそうに。そうだよね……でも仕方ない……。まさか夫に合ったベッドを用意してもらえませんかとは、さすがのわたしも言えなくて、ずっとあきらめていた。

数日前に、以前からずっと思っていたことを何げなくスタッフに聞いてみた。

「ベッドの足もとの板（落下防止用?）は外せませんか」

その時のスタッフは「外せない」と言ったのであきらめた。

別の日に別のスタッフが、

「夫さん、ベッドではなく、よく床で寝られるんですけどなぜでしょうね？　暑がりでしたか?床が気持ちいいのでしょうか?」

と聞かれた。

「どうしてかはわかりませんが……、そうそう足もとの板って外せませんよね？　やっぱり誰でも足を伸ばしてノビノビと寝たいと思うんですよね」

と言うと、何とすぐに簡単に外してくれた。

「お～！できるんですね！」

それで夫がおとなしくベッドで寝るかは不明だが、ともかく夫仕様のベッドになった。夫の場合、足もとからずり落ちる危険は少ないだろうということで、しばらくの間この対応で進めていくことになった。

何か不都合があれば元に戻してもらうことにして、とりあえずベッドの件は一件落着。何事もあきらめては良いアイデアは生まれませんね。これでよく寝てくれているといいんですけれど。もう一つ、ベッドで夫が横になると、ちょうど顔の横の位置に換気口がある。そこから鳥の羽やほこりが入ってくる。

施設の構造上必要だから付いているとは思うけれど、どう考えても汚いので換気口を閉じてもらえるとうれしいとお願いしてみたら、翌日には換気口の周囲をすっぽりと包んで閉じてあった。感謝です！。

二〇一五・一一・一【乗鞍岳】

私は時々、一睡もできない日がある。

もう長い間この状態なので慣れていて、今日も寝られないままベッドの中でじっと耐えた。しかし、その状況もけっこう辛いので、寝ること自体をあきらめた。

午前三時、テレビをつけると日本アルプスの山々の映像がずっと流れていた。その中の一つ、乗鞍岳。何十年も以前、まだマイカー規制が始まる前、夫と一緒に行った時のことを思い出した。

私たちは畳平から剣ヶ峰に向かった。しかし、運動など辛いことを成し遂げる喜びに何の意味も感じない軟弱な私は、

「もう嫌！　こんなに辛い思いをして登ることの意味がわからない」

などとゴネて、すぐにギブアップ寸前。夫はそんな私の手をしっかり握り、

「もう少しだから、もう少しだから！」と励まし続けてくれた。

そんなこんなで何とか頂上に到着した私は、

「本当に、本当に疲れた！　もう嫌だ。二度と来ない！　私はこれからも山で暮らすことは絶対ないから」

と、わけのわからないことを夫に訴えた。そんな私を前にしても夫はニコニコしていた。

番組を見ながらそんなことを思い出し、涙が出てきた。

認知症になるまでの夫との思い出が、
夫のやさしさが、
夫の仕草が、
夫の笑顔が、
夫の声が……

今はまだ、私の中で良い思い出として消化できていない。

いつか、どこまでもやさしかった夫の一挙手一投足が、私の心をやさしく満たしてくれる思い

出になる日が来るのだろうか。まったく自信がない……。

二〇一五・一一・八 【同志】

以前、会いに行ったことがある若年性認知症の方の奥様が、私の住む隣の県に講演に来られ、そのあと小旅行を兼ねて会いませんかと連絡をいただいた。

一泊目は観光に案内し、二泊目は我が家にお泊りいただいた。同じ年齢の夫婦同士、同じ病気と闘ってきた妻同士、寝る間も惜しんで話をした。

私が会いに行った時は、十六年にわたる介護を終えられて一年ほど経った頃だった。

最近、我が家もその年月に近づいてきているとしみじみ思う。どんなに病気が進んでも、会いに行ったらそこにいるというのと、もうどこにもいないというのでは、寂しさが違うと言われた。

そうですよね。私もそう思います。

今日はご機嫌で笑っていた。今日は不穏で眉を吊り上げていた。今日は床に寝ていた。今日は……。

全て夫が生きていてくれるからだ。もし夫がいなくなったら、私はどうなるのだろうとよく思う。だけど最近思うのです。夫は死なない！

彼女に、ご主人に会いたいと言われていたので、夫のいる施設にお連れした。

夫婦としての時間が存在することがとてもうらやましい。この時間、大切にしてね。

そう言われた。

はい！もちろん、大切に大切に生きていきますから。

施設ではいろいろなことがあり、そのたびに話し合って来た。時には怒りを爆発させることもあった。それは正しい方法ではないかもしれない。けれど、そのことを伝えて、わかってもらわなければと思ってきた。

夫は人質なんかじゃないから……。

夫のためにたくさん頑張ってきた私。夫のためにたくさん頑張ってきてもらったスタッフ。

「今、私たちはとっても幸せですから」

とお伝えし、いつかまたの再会を約束して同志の同窓会は終わった。

二〇一五・一一・二八　【誕生日】

今日夫は六十九歳の誕生日を迎えた。誕生日の記事を書くのは三回目、この記事が二九三回目の記事になる（約二日に一回ペースか……）。

初めて書いた誕生日の記事から三回も誕生日の記事が書けるなんて想像もしていなかった。

二回目の昨年も来年が迎えられるだろうかと思ったが、今年もスタッフの協力を得て、最高のお天気を味方につけ、自宅に帰ることができた。

何も変わらないということが、こんなに幸せなことなのだと感じた。

可能ならば新人教育も兼ねて新人さんも来ていただいてもいいです、と伝えてあったのでスタッフ全員が協力してくださり、二人の付き添いで帰って来ることができた。

心配していた通り、車の乗り降りはとても大変だったが、それは一瞬のことなのでスタッフにお任せした。

きれいな花が好きだった夫のため、私は何日も前から玄関周りのプランターにお花をいっぱい植えた。これも毎年の恒例になった。

スタッフにそのことを話してあったので、自宅に着いた時、一生懸命夫にお花を見せてくれていたが、残念ながら夫はまったく見てくれなかった。

まっ！仕方ないね〜。私の自己満足ですわ。

自宅に入ると、ゆっくりと部屋の中を見渡し、一生懸命何かを考えている様子。

私たちはしばらくそんな様子を眺めていた。今、夫はきっと何かを感じている……。夫の様子を見ていた私たちが、そう確信した瞬間だった。

夫がいた時と変わったのはテレビが大きくなったことぐらいで、後は何も変えていない。いつも座っていたソファに座り、今年もまた口笛なんかも披露し、何とも言えない笑顔をプレゼントしてくれた。

そして会話とともにグッドタイミングで指でＯＫサインなんかも飛び出し、それがどれだけ貴重なことかわかっている私たちにとって、とても感動的な場面だった。

毎日夫の居室で過ごしている私たちのために、「ゆっくり過ごしてください」という言葉を添えたペアのマグカップをいただいた。

涙をこらえるのがやっとだった。いろいろな企画をしてくださることを含め、本当にありがたいことと感謝でいっぱいだ。

夕食時、早速このマグカップをペアで使った。とってもＨＡＰＰＹ♪

帰りの車の中で、せっかくお花植えたのに見てくれなかったねと言ったら、ニッコリ笑顔で私の顔を見て、

「知らんかったぁ～」と言った。

そうなんだ、あれだけ皆さんが言ってくれたのにね。

そんな素敵な会話も楽しみながら、またいつもの住まいに帰った。

この感動を、言葉で他のスタッフになかなか伝えられないのが残念だ。

本当に良い時間を過ごさせていただきました、と付き添ってくれたスタッフが言ってくれた。

いえいえ！私の思いを感じ、受け止め、伝えつなぎ、ともに歩もうとしてくださるスタッフが私たちを支えてくださっていること、胸に沁みています、感謝でいっぱいです。

来年も絶対帰ってこようね。そして、

いつもの場所で

いつもの料理と
いつものビールと
いつものケーキでお祝いしようよ、絶対ね！
夫は何も変わらない。病は進んでも夫の性格や感じている想いは何も変わらない。
そう！夫は夫のままなのだ。
ずっと夫の傍にいられることが最高の幸せ。

二〇一五・一二・一五【クリスマス・ランチバイキング】

施設恒例のクリスマス・ランチバイキングがあった。お寿司やフライお刺身やハンバーグにうどん、そしてデザートにはケーキなど、夫はたくさん食べた。たぶん二人分ぐらいは食べたと思う。

そして今日はビールも出していただいた。

自分の歯でもりもり食べることができる夫を見ていると本当にうれしい。このままずっと、このままずっと、ついそう思ってしまう欲張りな私。今日が良ければそれでいい、そう思って過ごそうと決めたはずなのに。

私たちのテーブルに居宅介護事業所の方も一緒に座られた。いろいろな話をする中で、以前お世話になった通所施設の管理者の方に会う機会があり、とても心配しておられましたよと言われた。

——奥さん、毎日いらっしゃいます。とてもニコニコと楽しそうです。私たちは夫さん夫婦に学ぶことがとても多く、時々我が身に置き換えてみたりしますが、公私ともにとてもまねはできません、本当に頭が下がります。そんな話をしたのですよ、安心していらっしゃいました。

そうですね。私たちの生き方は、今まで関わってくださったたくさんの方たちに心配をお掛けしてきました。そのたくさんの方の力添えがあって、やっと今生きていることが楽しいと思えるようになりました。

その管理者にお世話になっていた当時、私たちは地獄の底を這うように生きていましたが、それでも夫と最後まで一緒に暮らすことしか考えていませんでした。そういったプロの方たちの意見も、経験のないあなたたちに何がわかるの、と思っていました。

自分のことが、夫のことが、そして周りが見えていないことに、私自身が気づいていませんでした。けれど施設に入所して、一歩引いて夫を見る状況が五年近くになり、時間というものが私を変えてきたのだと思います。

それまでの生き方に反省がないわけではありませんが、私たちにはこの生き方しかなかったのだと思っています。

そんな話をしながら、なぜか遠い昔の話のような懐かしささえも感じた。

何がわかるの？

そう言われると辛いだろうなと今の私はわかります。皆一生懸命に支えてきてくれました。たくさんの人たちに生かされていると感謝です。

夫も、そして私も、頑張って一生懸命生きてきた！

サンタクロースの登場はなかったけれど、とても良いクリスマス豪華ランチでした。

iii
（2016―2017）

二〇一六・一・五　［新年を迎えて］

二〇一六年が始まったが、我が家のお正月は娘の入院と孫の水疱瘡でお正月気分ゼロのいつも通りの日常だった。おかげで娘も退院し、孫の水疱瘡も治り、今年はぜひ家族全員が元気で暮らしたいとつくづく思えた年の初めだった。

そんなわけでおめでたい雰囲気がなかった我が家だが、夫のいる施設は多目的ホールの一角を紅白の幕で張り巡らせ、その中に天井まで届く巨大鳥居が出現し、ガラガラ（正式名、本坪鈴だそうです）も取り付けられ、年末の餅つき大会で作った鏡餅が備えられ、お賽銭箱やおみくじなど実によく考えられた神社ができ上がり、お正月気分満載！

これは全てスタッフが知恵を絞り工夫を凝らし、ダンボール箱などの廃材を利用して、日頃の業務と並行して、たくさんの時間をかけて全て手作りしたものだそうだ。ひとえに入所者にお正月気分を味わってもらいたい一心で……。

さて私たちは、家族写真撮影は延期になったが、スタッフのそんな思いのこもった神社でやっぱりお正月らしい写真を撮りたいと、私もそして夫にも着物を着せ、身長もあり元気なころより少し体重の増えた夫は着物姿がとてもよく似合い、ますます男前に。

いつも夫を可愛がってくれるおばあちゃまのところに、早速連れて行き見ていただくと、

「あ〜すごい！　すごい！いいね〜」

そう言って涙をこぼして喜び、夫の手をずっと握っていた。

喜んでくださるとは思っていたが、ここまでとは……。

夫に着物を着せて本当に良かった。夫も難なく着物を着てくれてご機嫌だった。

着物姿の夫とともに、早速施設内の神社にお参りに行った。今年も良き年でありますように

二〇一六・一・一一　［時代の流れとともに……年賀状］

昨年から年賀状をやめた。

時代の流れとともにと言えば聞こえはいいが、毎年一二月になると年賀状を作らなければという強迫観念に襲われる（早く作ればいいのだけどね）。

もちろん世の中がこんなにメール時代になっても、手紙や葉書とは大きな違いがある。やはりそれは、手書きでなくてもその人のことを思い浮かべ、心を込めて作るのが望ましい。

なんて自分自身に言い訳をしてみたけれど、現実は夫の元会社関係などに新年のご挨拶を夫のふりをしてするのが嫌になったのだ。そして、毎年届く喪中葉書……。これが私の心をザワつか

せて、何となく嫌だった。

それで、我が家は年賀状をやめようと決めた。会社関係だけでなく親戚や友人など全て。そして皆々様に、「年賀状をやめます」というお断りの葉書を出した。夫と私の似顔絵入りで……。

夫の会社関係者にはとても心苦しかったし、何より夫にも何だかとても申しわけなかったけれど、そこは時代の流れとともに、ということにした。

この葉書、けっこう評判が良くて、これからは強迫観念のない、思うがままに思う時に楽しい葉書を書いていこうと思う。

それでも年賀状をくださった方が多くいた。それはそれでとてもうれしかった。その心のこもった年賀状が何だかとってもありがたくて、うれしくてお礼のメールや葉書を送った。

行ったり来たりで何だか笑えるね。

でもね……とっても心があったかいんだから～♪

二〇一六・一・二七　【ご褒美】

携帯電話をトイレに落とし、水没させてへこんでいる。しかし、時間はそんな私の気持ちなど関係なく流れる。それが時としてとてもありがたい。

いつも通り、今日も夫のところに行き夕食までの時間を夫の部屋で過ごした。ビールとおつまみで部屋で過ごしていると、ふと私の方を見て夫が言った。

「あ〜、いたぁ〜」

妻である私という存在がわかった、と解釈するにはあまりに無謀かも知れないけれど、時々状況にピッタリの会話が成立する時がある。

自分だけに向けられる無償の愛を込めた妻の最高の笑顔に、たまにはご褒美をあげようと夫が思ってくれたかどうかはわからないが、夫の笑顔と夫の言葉は一〇〇万ドル（古っ！）の夜景を軽く超える価値だ。

そしてタンスの中を片付けていると後ろで、

「おかあさん……」という声が聞こえた。

そんな気がしただけ？

いやいや確かに夫が発した。

「えっ？」

と振り返って夫を見ると、何事もなげに椅子に座っていた。

二〇一六・一・三一　【睡眠障害】

何十年という睡眠障害状態にある私。ずっとむかし、むかしの若い頃からそれが普通だったので、これまでそれを何とかしようとは思わなかった。

夫の自宅介護がいよいよ大変な状況になった頃から精神安定剤を処方されているが、睡眠薬は処方されなかった（きっと大量に飲むと思ったのでしょうか）。ちなみに、今どきの睡眠薬は処方される量では死ねないそうだ。

　精神安定剤を飲んでいて、症状は良いのか悪いのか実感はなく、相変わらず眠れないままで朝まで一睡もできない日が週に何日もある。

　そのために夜中に料理を始め、ガッツリ食事をする。そんなことを以前にも書いたが、結局そのまま医師には言わず、時が過ぎてきた。

　そして今月の診察日、主治医にそのことを話した。体重が増えるとかそんなことはもうどうでもいいが、まったくお腹が空いているわけでもないのに無意味に食べ続ける。胃腸の調子も当然悪い。そして毎日胃薬を飲む。寝られない長い長い夜。

　寂しさとストレスからという理由をつけてみても、自分の行為に対する罪悪感は消えない。

　私からそんな初告白を聞き、即座に睡眠薬が処方されることになった。この薬のおかげで今までと比べると格段に寝付きが良くなった。しかし一、二時間おきに目覚める、まだまだそんな調子だけれど、薬を処方されて以来、朝まで寝られないでいる日は一日もない。

　寝て、起きたら朝だった！　という日がいつか来ることを願い、一歩踏み出すことができた。

二〇一六・二・一〇　［ギュッ］

　夫の居室がある階は、２ユニットが特養、２ユニットがショートステイ、回廊式の作りになっているので夫はよくショートにお邪魔しているが、ショートを利用されている方もよく特養の方に来られる。今日、夫とその回廊式になった廊下を行ったり来たり散歩していると、ショートを利用されているおばあちゃまが不穏状態で特養に来られていた。

ショートのスタッフがお迎えに来てもなかなか帰ろうとせず、そんな中ふと私の顔を見て、

「一緒に行く」

と言われるので、スタッフに一緒にお連れしますと伝え、夫と三人でお散歩をした。

ずいぶんと興奮状態で息遣いがとても荒く、住所とご主人の名前を言い、「帰る」と訴えられた。じゃ一緒に帰りましょうと手を取り、ショートに誘導すると、今度は自分の部屋を探している様子。おばあちゃまの部屋の前のソファに誘導し、少し一緒に座りましょうかというと素直に座られた。その頃には荒かった息遣いも普通になって落ち着かれたようだった。

しばらく座っていると、私に抱きついてこられたので私もギュッと抱きしめた。

自分が今どこにいるのか理解できず、見慣れた家族の顔もなく、家に帰りたいのに出口が見つからない。わからないことがとっても不安なのですよね。

こんな病気にならなければ、今頃ご夫婦で楽しい時間を過ごされていたでしょうに。やさしいおばあちゃまとして家族の中心にいらしたでしょうに。

悔しくて悔しくて、丸ごと夫を見ているようで何だか涙が出てきそうだった。

おばあちゃまをもう一度ギュッと抱きしめた。

二〇一六・二・二三　［発熱］

日曜日に夫が三九度の熱を出した。午前中に行った時、ちょうどトイレの時間だったのでスタッフとともに連れて行った。

ひょっとして排便？ということでトイレに座らせ、私が夫に付き添った。

その時、夫はなぜかブルブルふるえていた。

だけど、私もトイレでブルッとくる時があるなあと思いながら、両手をずっと握っていた。その時はまったく熱は感じなかった。しばらくしても出る様子がないのでスタッフを呼び、パットを当ててもらい、また食卓テーブルに戻った。

その後に運ばれてきた昼食の食べっぷりがいつもと違っていたが、完食をしたのでそのまま私は帰宅した。

午後三時半ごろ施設から電話があり、高い熱で、今薬を飲んで居室で寝ているという。

夫のところに行くと、よほど体が辛いのかベッドで爆睡していた。スタッフに後のことをお願いして帰宅した。

いろいろ夫なりに体調が悪いことを発信していたのに、そばで見ていた私が気づいてあげられなくてごめんなさい。

次の日、すっかり夫の熱は下がったが昼食時の様子がおかしいので医師が往診をしてくれた。その結果、インフルエンザではなく、その後状態も良くなり部屋を出てご機嫌でいた。

そしてそして、何と奇跡が起きた！

キッチンにあったホウキを持ち出し、フロアの掃除を始めたのだ。

もちろんあっという間にやめてしまったけれど、私にとってはとってもうれしい出来事、
すごい！　すごいね〜！

発熱で体から毒素が抜けて認知症が改善された！

わけないか……。そうだったら発熱も我慢してもらうのだけれど。

二〇一六・三・一〇【結婚記念日】

今年は卒園、入園、入学と孫たちの行事が目白押しで、おばあちゃんとしての私も、けっこう借り出される予定だ。そんなわけで、少し早めに、今日私たちの結婚記念日のお祝いをすることにした。

例年通り、同じお店に予約してお祝いをしてきた。今年も無事にそのお祝いができた。お店からお祝いにと、写真とメッセージ、記念品をいただいた。

私の思いを受け止め、夫との思い出づくりに協力してくださるスタッフたち。

行ってらっしゃい〜！

おかえりなさ〜い！

どうでしたか！？

と、お留守番をして協力してくださったスタッフも、代わる代わる声を掛けていただいた。本当にありがたい。

ビールで乾杯し、おいしい料理、昨年同様楽しい時間を過ごすことができた。昨年付き添っていただいたスタッフは他のユニットに移動になったが、ちゃんと引き継いで付き添っていただいた今年のスタッフともたくさんのお話ができた。

ご協力くださった全てのスタッフに足を向けて寝られない。

来年はお祝いできるだろうか……、そう思いながら毎年過ごしている。そしてまた、来年はお祝いできるだろうかと、今年も思う。

だけど、できる！　きっと来年も元気でいられる！

そう信じて毎日を過ごしていく。

いつまでも、いつまでも、結婚記念日のお祝いができますように。

二〇一六・三・一一　［五年前］
五年前の三月一一日。夫は隣町の老健に入所していた。老健のフロアのテレビで今まで見たことのない映像を見つめた。その数日後、今の特養に転居した。
あれから五年、私たちにとっても長い長い五年間だった。一生懸命生きてきた五年間だった。
神様は平等に誰のもとにもいてくれる。

被災者の方々にも、そして私たちにも。

そう信じたい。

二〇一六・三・二一 【出会えてよかった】

夫が入所している施設に以前勤めていた方と、久しぶりにお会いしてランチをした。

今、彼女は障害のある子どもさんたちのために施設を作ろうと奮闘している。とても尊敬している人だ。

私はいろいろな方から「あなたは幸せ！」とよく言われると、以前にも書いた。

子どもたちは無事に私のもとから巣立ち、認知症である夫は、特養に居場所を見つけられた。

夫には年金があるし、私はフルタイムで働けている。

夫のおかげで知り合えたたくさんの人たちがいる。私は今もその人たちに支えられている。

そして独身もどきで自由な時間がたくさんある。

そんな理由かと思う。

けれど、それらが全てなくても、やっぱり夫が認知症にならなかった方が良かった。

例えば「認知症の人の家族」という基準があったりしたら、そんな中での「あなたは幸せ」なのだろう。だけど、私はいずれ訪れるはずの老後という時間を、夫と二人でささやかに送りたかっただけだ。

久しぶりに会った彼女にも、やっぱり夫の認知症に代えられるものはないと話した。夫のおかげで知り合えたたくさんの人たち、それは今の私の宝物だけど……それでも……。

その人たちにめぐり会えなかったとしても、夫が認知症でなかった方がいい。それはやっぱり変わらないと話した。

彼女からその日の夜、それでも「私はさくらさんと出会えて、やっぱり良かった」とメールをいただいた。

夫のおかげで知り合えた人からの、心からのメッセージに涙が出た。

最近、突然とても哀しくなったりする。家に一人でいるのに、なぜか思いきり泣ける場所がない。そんな我慢が一気に噴き出して、彼女のやさしさがしっかり心に浸みた。

やっぱり私は「幸せ」ですね。

二〇一六・四・一　【転居】

四月は、入学や入社など、夢や希望に満ちた年度の始まりだ。

夫も心機一転、新しい施設に転居することになった。といっても今の施設と同じ敷地内にできる施設なので、顔見知りのスタッフも中にはいるということだ。

もちろん、転居に当たりいろいろと悩んだ。たくさん悩んだあげくの決断だ。

認知症の人にとって「なじみの場所でなじみのスタッフ」は重要なポイントだ。だけどご多分に漏れずスタッフの入れ替わりが多く、「なじみのスタッフ」は何人もいないので、その点は新しい施設でも問題ないだろう。

引越し先のユニットには、以前夫を介護した経験のあるスタッフがいる。たぶん施設が配慮してくださったのだと思う。

「なじみの場所」については、夫はまだ歩くことができ、あちこち歩いていくので、施設を変わり動線が変わるとわけがわからなくなるのではないかと、そこが一番の心配事だ。だけど、今の夫ならきっとそんなに時間をかけることなく、新しいところに慣れてくれると思う。今度の施設は認知症に特化した施設だそうなので、認知症の人の安全で安心な介護ができるはずだ。

夫の人生の最終章を過ごす施設、これからまた新たな気持ちで毎日を大切にしていきたいと思っている。問題は建物ではないことは重々承知しているが、新しいことに越したことはない。後はスタッフがその施設でどんな介護を目指してくれるか、それが楽しみだ。

どうか、どうかよろしくお願いします。

さあ、私たち夫婦の新たな人生の始まりだ！

二〇一六・四・一五　［転居しました］

今日夫は新しい施設に転居した。引っ越しは旧と新のユニットスタッフが全てやってくれた。

今までもいろいろなことが起き、これからもいろいろあると思うが、何があっても私は決してめげない覚悟でいる。それでも新しい環境と新しいスタッフにどれくらい戸惑いを見せるのか、とても心配していた。

夕方行くと、夫はあちこち触りながらユニット内を歩いていた。落ち着かない様子ではあったが、「今までと何かが違う」そんなことがまだまだわかる夫であることが何だか誇らしい。

そして、そんなに不安そうでもない顔をして、私の顔を見て時々声を上げて笑った。とてもうれしくて涙がこぼれそうだった。

自分で決めたことだが、いろいろなことがあって転居がとても不安になっていたことに気づいた。だけどスタッフとお会いして、なんだかとても新鮮で、これから「頑張る」と雰囲気が伝わってきて、そのこともとりあえず安心できた。

今まで居室で使っていたソファもピカピカの新しい居室にぴったり収まり、今までとずいぶんレイアウトが変わったが、とても素敵な部屋になった。

大切な家族の写真も貼った。

「あなた一人じゃないよ」

そう夫に伝わるように。

二〇一六・四・二二　［散歩］

転居してからなかなか機会がなかったが、今日は良いお天気だったので外に散歩に出た。

転居先の新施設から玄関がずいぶん遠くなり、ついつい足が遠のくのと、まだまだ新しい環境に慣れてない中での普段と違う行動は、夫の意に反するらしく、エレベーターに乗るのを拒否されたりした。

今日は終始にこやかで、玄関までの長い距離も楽しんで歩くことができた。日ごとに夫も落ち着きを取り戻していき、何度も笑顔が見られるようになった。こうして今までの日常を取り戻していくのだろう。

転居が夫のために、良い方向に進んでいくと信じて暮らしていく。

二〇一六・四・二五　［笑う］

今日、夫はよく笑った。すっかり新しい施設に慣れたということか、それともたまたまなのかわからないが、理由は何であれ、いちいち声を掛ける私の顔を見て、声を上げて楽しそうに笑って反応してくれた。

何だかとても感慨深く……、なんと幸せなことでしょう。

スタッフも「夫さん、めちゃ笑ってる！」と喜んでくださった。

いろいろなことがあった中で、少なからず迷いながらの決断だった今回の転居は「結果オーライ」ということにしておこう。

昼間の暖かさは去り、夕方肌寒くなっていたが、今日も長い道のりを経て玄関にたどり着き、外に出た。

「お～寒い」

「寒かった？」

「うん」

そんな会話をして早々にユニットに戻った。

こんな感じで私の施設通いはこれからもずっとずっと続くだろう。

これが私たち夫婦の夫婦としての時間のあり方、そんな気がしている。

二〇一六・五・一六　【計画】

昨年介護計画書を作成した時、
目標は「自分でお茶碗と箸を持ってご飯を食べ続けられるように」とした。

この計画を作成した時（たぶん昨年の三月頃だったかな？）には、まだまだできていたことだ。

しかし、日々の生活の中でいつしか食べさせることが当たり前になり、もう何カ月も「食べさせる」ことが普通になっていた。

新居に引っ越して落ち着いてきた。そこで先週の土曜日、ふとこのことを思い出し、ちょっと挑戦してみようと思い立った。

お茶碗を持たせ、箸を持たせ、それを夫の口まで持っていき、

「ご飯だよ～♪」

なんと！なんと！　箸を使い、自分で口の中にかき入れた。

たった数口で、後はお茶碗を置いてしまったが、夫が自分でご飯を食べる姿を何カ月ぶりかで見た。とても感動的な瞬間だった。

そうだよね、できるんだよね。

ごめんね！できることに寄り添ってあげられてなくて……。

これは夫の専属介護士である私の役目、そう位置づけてこれから再挑戦をしていこうと思う。

そんなわけで、今日もお茶碗を持たせ、箸を持たせ手を添え、夫の口にお茶碗を付けると自分で食べ始めた。しかも、前回よりも上手に。

決して無理強いをするつもりはないけれど、夫の様子を見ながら根気よく続けていきたいと思う。

すごく先の心配をするよりも、目の前のことを大切にしていかなければ。

そう思わせてくれて、背中を押してくれ、応援してくれるたくさんの人たちの介護に対する思いに報いるためにも。

二〇一六・五・二一 【麦畑】

夫の部屋から見える麦畑。今まさに収穫の時期を迎えようとしている黄金色の麦。田舎の原風景そのものだ。

夫の部屋から見えるこの景色には本当に癒される。

心が乱れた時、行き詰まった時、ふと外に目をやると、この景色が広がっていて……。

毎日この景色を望められるだけでも、転居した意味があると感じている。

施設に行って私がまずやることは、夫の部屋の障子を開け放し、安全のため少ししか開かないけれど窓を開け、エレベーター前のフロアのカーテンも開け、ここもまた少ししか開かないけれど窓を開けて風を入れる。

閉め切っておくなんてもったいなくて……。夫もきっと気持ちがいいはずだと思うから。

今日はその麦畑まで散歩に行ってきた。

外はとても気持ちの良い青空。

こうして夫と二人で、いつまでも歩いていたいと思う。

二〇一六・六・一一 【自分で食べる】

そろそろ落ち着いてきたと連絡しておいたので、夫の実家の兄嫁が夫に会いに来てくれた。

とてもきれいな居室と居室から見える景色やフロアなどに感激し、

自分もこんなところに入りたい！　夫さんは幸せだ！こんなところに入れてもらえて！

と言って安心して帰って行った。

夫がどんなところで暮らしているか、それだけ知っていてもらえればいい。

幸せの尺度はそこではないと思うけれど、とりあえず嫁としての立場も保てた。

ちょうど夫がお昼ご飯を食べ始めた頃に施設に着いた。

スタッフが夫にお茶碗を持たせてくれていた。

「お箸を持ってくれないんです」

たとえ一口でも自分で食べてくれたらという私の思いを理解し、いろいろと努力していてくれる。食事介助を交代し、箸を持たせお茶碗を口に付けると、
お～、すごい！

口にかき込むその勢いがすごくて、私は思わずにっこりしてしまった。

おかずは私がスプーンで口に運んだが、お茶碗のご飯は全て自分で食べた。小さなお皿のデザートを持たせてみたら、うまく口に運べなくて、ご飯茶碗に入れかえてみた。

すると、上手に箸で食べることができた。とてもご機嫌でね！

やったね！　すごいよ
自分で食べたら、また格別においしい。人には生まれた瞬間から、お腹が空いたら口から食べ物を取り入れる能力が備わっている。だから、教えるわけではないのに赤ちゃんは生まれた瞬間

からママのおっぱいを吸える。

どんなに病が進んでも、最後まで食への本能は残っているはず。自分で食べていた記憶の断片を思い出させてあげれば、夫も自分で食べる気力を保てる。そんな希望を持たせてくれた。

なんだかとってもうれしい日になった。

二〇一六・六・一七 【外出】

昨日までの雨も止み、強い日差しでもなく、絶好の外出日和の中、今日施設の外出支援の一環として隣町にある花菖蒲で有名な公園に行って来た。

「奥さまもご一緒にどうですか?」

と声を掛けていただいた。

せっかくなので仕事を半日休み、他の入所者の方たちと一緒に車三台に分乗して行って来た。月日を重ねるごとに車に乗り込むのが大変になった夫のために助手席が回転する車を用意してくださり、ストレスなく乗り込むことができた。

菖蒲は終わりに近い感じではあったが、とても広い菖蒲池がありたくさん咲いていた。池の周りを散歩したり写真を撮ったりして、貴重な時間を過ごすことができた。

日頃業務に忙しく、なかなか話ができないスタッフと公園内を歩きながら、行き帰りの道中ゆっくりお話ができたことも、とても有意義なことだった。

夫婦でも、親子でも、友人でも話をしないと気持ちはなかなか通じ合えないと私は思っている。

本当はどのスタッフとも、もっと話をする時間を作って行きたいのだけれど、それはなかなか難しいことだということがわかってきた。

たぶん夫のいる特養も人員配置の基準は満たしていると思う。けれど、その人員では作業としての業務で手いっぱいなのだ。業務を後回しにしてでも入所者と関わるように指導していると以前言われたが、そんなことは無理でしょう。

排泄したらすぐにパット交換はしてもらいたい。

入所者の最大の楽しみの食事の準備もしてもらいたい。

転んでいたらすぐに起こしてもらいたい。

それらをさしおいて入所者や家族と関わっていると、そのことで他の入所者の対応が遅れることも学んだ。だから、あまり話しかけないように努めていた。

そんな中、今日の外出だった。

夫にゆっくり外の空気を吸わせてあげられたこと、スタッフとゆっくり話ができたこと、こういった外出をこれからも計画をしていこうと思っています、とユニットリーダーが言ってくれたこと。本当にありがたい。

「たまには皆さんを外に連れて行ってあげたい」というスタッフの気持ちがとてもうれしい。

どうかこれからもよろしくお願いします。

二〇一六・六・二二　［家族参加のユニット会議］

昨日参加させていただいたユニット会議。そこで私が話をしたことについて、すぐに改善がされていた。

ユニットとエレベーターまでの空間のドアが開けられ、閉塞感が解消されていた。そして、夫の居室のドアが、工夫され開けられていた。

今日会ったスタッフのほとんどが、それぞれ私に、

「奥さんのお話を聞くことができて、本当に良かったです。これからもたくさん話をしていただきたいと思いますし、こちらからも話をしていきたいと思います。よろしくお願いします」

と言いに来てくれた。

やはり、気持ちを伝えたいという強い意志で、心から誠意を尽くさなければと思ったた。この思いが覆されることのないように願いたい。

一生懸命やったことでうまくいかなかったとしても、結果を責めるつもりは毛頭ない。だけど改善の必要をわかっていて、やらなければいけないこともわかっていて、それでもなおやらないことで何か起きたら……、きっと許せないだろう。

そういうことがないように信頼関係を築いていきたいと、施設には入所以来伝えてきた。

とりあえず、施設開所以来初の家族参加のユニット会議は成功だったということにしておこう。

二〇一六・六・二三　［鼠径ヘルニア］

昨日夕方、用事があり夫のところに行けなかった。

すると施設から電話があり、

「今日は来られませんか？　ご主人の体を見ていただいて、少しご相談したいことができたのですが」

と言われ、「今からでもよければ伺います」と出先から急ぎ駆けつけた。

夫の左右の鼠蹊部（そけいぶ）にけっこう大きなコブができていた。

「たぶんヘルニアかと思われるのですが、明日主治医の往診を受けようと考えています。その結果によっては、近くの総合病院へ受診となりますが、どう思われますか」との説明だった。

「お任せします」とお願いして帰ってきた。

今日、主治医の往診を受け、やはり鼠径ヘルニアと診断された。
私なりにインターネットでいろいろ調べてみた。投薬等で治ることはなく、基本治療は手術しかないが、今は日帰り手術ができるそうだ。夫の場合の原因として考えられるのは、加齢＋運動不足＋よく立っている＋症状が訴えられない
そんなところだろうか。
施設の看護師の説明によると、夫のヘルニアはまだ柔らかいので今すぐに手術ということでは

なく、このコブが固くなると手術が必要だということだった。

注意深く経過観察してくださるということで、とりあえず今すぐの手術はなくなったが、この先いつか手術が必要になる時が来るかもしれない。その時夫はどういう状態にいるのだろうかと思ったが、考えても想像がつかない。

その時に考えよう。

何事もなく生きていけるなんて皆無なのね。

二〇一六・七・二 【輝くユニット】

ユニットが賑やかになった。上を見ると折り紙で作った金銀の星がたくさん降っている。もうすぐ七夕、この☆にたくさんの願いを……。

壁には大きく本日の日付と曜日。当然毎日変わる。

入所者の楽しみである食事のメニューが折り紙で可愛く飾られた。

職員にも考えはいろいろあるでしょう。こういう作業で、いわゆる業務が後回しになってしまうという側面もあるように思う。そこをどうしていくか、職員同士たくさん話し合って協力し合える関係を作り、それぞれの良さを引き出しながら足りない部分を補い、良いユニットになってほしい。

何はともあれドアは開放され、きれいな田舎風景を見ながら賑やかになったユニットで目を輝かせている方もいる。

そして、我が夫は……、星降る下のソファで眠っている。それもまたよし。

何だかとてもウキウキします。最近笑い声があふれているユニット、何だかうれしい。

まだこの施設に入所前、何度か見学に来た時のいつも感じた感想。

暗～い！

それは建物ではなく、どこにもスタッフの存在が見つけられず、ましてや笑い声なんて聞こえなくて暗～い！

そんなイメージだったのでユウウツだった。いろいろありがとうございます。


ユニットの両端には〝昭和〟を感じさせる素敵な部屋がある。

お正月には囲炉裏でお餅を焼き、冬には暖炉風のストーブをつけ、ゆっくりと過ごせる。そんなコンセプトの多目的な部屋だ。

でも、六枚あるその素敵な障子が、開所当時より閉まっていることが多かった。

ユニットから唯一外の景色が見えるところなので、閉めていてはもったいないと開け放しに行く（よけいなことを……）。施設の構造上、ここが開いていないと外がまったく見えないのだ。

実際開けておくようになってから、歩くことができる方も車椅子の方も、その部屋まで自分で行き、じっと外を見つめていらっしゃる。

その様子を見て思う。

いつも他の人と一緒のユニットフロアではなく、だけどいつもの居室ではなく、外を見ながら静かに過ごしたい時もある。

多目的な部屋だもの。入所している方たちが、それぞれの目的で自由に使えるよう開け放しましょう。

二〇一六・七・一六【ブログ】

自分のブログを読み返すと、ころころ変わる意見に自分で苦笑することがある。スタッフが良くなったり悪くなったり、ここのところの一連の記事もそんな感じ。

記事として書く時、事実と、そしてこうあってほしいという願いを込めて書くことも多々ある。小さな喜びを書き留め、読み返すと、とても大きな喜びのように感じることもあるし、小さな苦痛がとても大きな苦痛と感じたりする。感情まる出しの時もあったり、だけど、どれもこれもその時の正直な気持ちで書いている。

このブログをずっと先の自分が読み返した時、どんな状況でどんな気持ちで読み返しているのだろうか。昨日記事を書いた後そんなことを思った。

いつまで「若年性認知症介護日記」として存在できるだろうか。

二〇一六・七・一八　［マウスピース］

ここのところ、夫の様子が少々ハードになってきた。

歯ぎしり、独り言、自分の手や足をたたいたり、床や壁をたたいたり、以前からその行為はあったから今始まったことではないが、最近少し落ち着いていたので様子が気になる。

夫の心がこの世界になく、何か別の世界を生きているかのような、そんな感覚を覚える。

あまりのひどい歯ぎしりに、以前マウスピースを作ったことを思い出し、置き忘れた旧ユニットから届けてもらった。

そのマウスピースを作った時は、はめてもすぐに自分で外していたが、月日の経過とともに外さなくなる場合もあるかと思い、もう一度挑戦してもらうことにした。

今の様子が、たとえば新居に慣れたとか、自分の世界を見つけたとか、夫にとって良い状態ならばいいのだが。残念なことに、妻である私にもさっぱり理解できない状態である。

さて……、ここをどう乗り切るか。

二〇一六・八・三　［同年会］

夫の小学校の同年会の案内が届いた。何とも複雑な気持ちになった。

夫に、同年会のハガキが来たよ、と言ってみた。

もちろん何の反応も、そして返事もなかったが、何となくそのハガキを見せておきたかった。

夫は人づき合いのいい人だから、元気だったらきっと出席すると言っただろう。そして同年の人たちと楽しい時間を過ごしたはずだ。

夫は今年古稀を迎える。

だから、古稀を迎える節目のお祝いの同年会なのではないかと思う。

ここまで本当によく頑張ってきてくれた夫の古稀は、私が盛大にお祝いしてあげよう

二〇一六・八・五 【思い出】

夫が特養に入所して以来、朝仕事に行き、お昼休みは施設に行き、夫と一緒にランチタイムを過ごし、仕事帰りに夫のもとにいったん帰る。そこで夫の食事とビールの時間をともに過ごし自宅に帰る。

これが私の日課になった。

たまには誘ってくれる友人たちと食事に行ったりするが、友人たちの理解を得ていて私のルーティーン後の食事会となる。

そして、近隣の温泉宿や遠く海外にも出掛けられるようになった。その出掛けて行った先々に、夫との思い出がたくさん存在していることに気づかされる。

その旅先のその場所で夫がどんなことを言っていたか、夫婦でどんな会話をしたか鮮明に覚えている場面もある。

「さくらさん夫婦は、本当にいろいろなところに出掛けていたんだね」

友人と出掛けた旅先で、そう言われたことがある。

本当によく出掛けた。

認知症を発症する前も、発症した後もできる限り出掛けた。

私もそうだが、夫も出掛けることが好きだった。

そこかしこにあるその思い出が、その場所に行った時、とても辛い思い出として私の心に刺さった時期もあった。けれど、十七年という長い年月が過ぎた今、たくさんの思い出があることを心からうれしく思う。

それらを大切にしていこうと思っている。

夫とのたくさんの思い出が、私を支えてくれる日がきっと来ると思うから。

二〇一六・八・一六 【家族の気持ち】

同じ施設に入所中のある介護家族と話をする機会があった。どういう立場の人を入所させていても、家族としての施設への思いは似ている。その家族の方が、結局家族の気持ちをわかってもらえないんだと思った出来事を話してくれた。私もそう思う場面をたくさん経験してきた。

私たち家族は、現場スタッフ、他の入所者とその家族、そしてスタッフとは別に事務所の方たち、それぞれと関係を築いていかなければならない。

それは思う以上に大変なことで、現場スタッフ、入所者とその家族、事務所の職員等々それぞれに入所者の家族として関わり、一人一人にそのつどそのつど物事を伝え、事務的なことを伝え、家族としての考えも伝える。

そんなに関わっていても、わかってもらえないと感じる時のもどかしさ。それでも私たち家族は、入所している自分の家族との時間を大切な時間にするために施設に通い続ける。

わかってほしい。

そう思っているのは私だけじゃない。それがわかって少し救われた。

そのご家族の方も、涙を流して同じことを言われた。

私たち家族は、これからも施設に託した大切な家族のもとに通い続ける。

二〇一六・九・二七　［絶景］

夫の部屋からの絶景。

日が沈み、月が昇る。

私は田舎の風景よりも都会の風景の方が好きだ。大都会の雑踏の中に身を置くと、何もかも小さなことのように思える。田舎の風景はなんだか寂しくて……。

だけど、夫の部屋から眺める風景は、夫婦の時間を満喫するのには絶好の景色だ。

夫は私と違い田舎が好きなので、この景色を心から喜んでいると思う。

二〇一六・一〇・一　［招待状］

一年生になった孫から運動会の招待状が届いた。

おじいちゃん、おばあちゃんへ
うんどうかいがあります
いっしょうけんめいがんばりますから
おうえんにきてください

可愛い可愛い招待状。

おじいちゃんは来られないことはわかっているの
だけどね
お手紙はおじいちゃんもいれたの
だっておじいちゃんだから……

孫がそう言った。何だか胸に詰まるものがあった。

孫たちにもたくさんの思いを抱かせている……。

夫も元気だったら運動会を心から楽しんだことだろう。孫たちの気遣いと夫の思いを考えると、とても切ない。

おばあちゃん一人でおじいちゃんの分まで応援するから頑張ってね。


幼稚園、学校の行事が目白押しの秋が今年もやってきた。たくさん頑張って、たくさん挫折もして、それらを乗り越えて大きく成長していってほしい。

二十歳になった孫の姿を、夫婦そろって見ることができたら。

人間の欲望は永遠なり……。

二〇一六・一〇・二八　〔口頭意見陳述〕

間違っていた年金の審査請求をした夫宛に、法令第何条だのという項目がたくさん記述された文書とともに「口頭意見陳述」出席の可否を問う手紙が来た。

これは審査請求した者が当たり前に通る手続き上の道なのだろう。けれど、そういったことが人の気持ちを逆なでする。

はじめに提出した審査請求書には、社会保険事務所の指導のもとに、夫が年金を受給するようになってからの約十年分近くのなりゆきを事細かに書いて提出した。

そのように言われたからだ。

言葉を選びながら正確に事実を書いたつもりだ。A4用紙一枚にびっしりと。

ところが厚生労働省の審査官からの電話では、「細かく書いていただきましたが審査請求をするかどうかだけで良かった」というようなことを言われ、

「私が勝手に書いたのではありませんけど……」と言いたいのをグッとこらえた。

いつまでもこんなやり取りをしていては何も進まない。

その甲斐あってか書類が通ったようだが、今度は「口頭意見陳述」って……。

一体いつになったら正式な審査結果が出るのか。口頭意見陳述に代理人として行くかどうかは思案中。

さてさて、どうなることやら。

二〇一六・一〇・三一 ［うん］

「もうすぐ夕ご飯だよ、ご飯食べる？」

「うん」

私の顔をしっかり見て夫が返事をした。予想もしていなかった夫の返事に驚いた。

会話のキャッチボールができなくなって、どれほどの年月が過ぎただろうか。

私の中でそのことについてあきらめができていた。できてはいるが、私は返事をしない夫相手に毎日話をしている。

今日は暑かったよ。

雨がたくさん降っていてね……。

そして子どもたちのこと、テレビで放映される事件・事故のニュース……。

その間夫は意味不明のことを言って歩き回っていても、それでも私はテレビを点け、たまにはソファに少し横になったりしながら話し続ける。

傍から見たらおかしな夫婦に見えるはずだ。

だけど、家で会話する相手がいない私は、夫相手に勝手におしゃべりをするのもストレス解消の手段になっている。ひたすら私発信のこの会話（？）が当たり前になっているが、たまたまにしても的を射た返事がとてももうれしい。

「うん」

その一言で、私の心がとても華やいだうれしい気分になった。

なんて安上がりな奥さんだ♪

二〇一六・一一・一　［敬老の日のプレゼント］
今日タンスの周りを片付けていると、タンスの後ろに何かがある。手を伸ばしてそれを拾うと、何と担当のスタッフからの贈り物。私たち夫婦の写真を貼った色紙が。たぶんタンスの上に飾ってくれたのを夫がふれて、壁とのすき間に落としたのだろう。敬老の日のプレゼントだった。その時にお礼が言えずとても残念だが、やっと日の目を見ることができた色紙を部屋の壁に貼った。

色紙には夫だけではなく、私たち二人に向けたメッセージが書かれていた。

いたわり合い励まし合ってご夫婦ともども
おめでとうございます
いつまでもお元気でおられますよう
お祈りいたします

手書きで書いた、気持ちのこもったメッセージ。
何だかとてもうれしくて、胸に熱いものが込み上げてきた。
今さらの話題ですが、とってもうれしくて書いておくことにした。

二〇一六・一一・一九 ［共存］

ずいぶん久しぶりのブログ更新になった。

夫は何も変わらず元気にしている。

そして、あいかわらず午後になると施設内をゆっくり歩き回っている。

ただ歩いているのではなく、夫の中に何か目的もあって、やらなければいけないこともあって、誰かに伝えたいこともあって、そういうことを抱えながら歩いている（と思う……）。

空間認知機能が阻害されているので、独り言を言いながら何もない空間をつかんだり誰もいない壁や空間に向かいしゃべり続けている。

また、他の方の車椅子の持ち手の部分を触ってみたり、車椅子に座っている方に寄って行って身振り手振りで何か伝えようとする（私の欲目です……）。

相手の方が怒ることもたびたびあって、叩かれたりもする。

そりゃ、わけもわからない人が寄ってくるのは嫌でしょう。

スタッフは毎日変わるけれど、そこに暮らす方々は毎日そんな状況を目にするわけで、叩かれる前にその状況を察知して引きとめてくれる方もいる……。

「この人はここが悪いんだで、おじいさん叩いちゃだめだと言ってやるんだよ」

と、先日私に報告してくれた。

こことは頭のこと……頭を指さし、そうたしなめてくれているそうだ。

本当にありがとうございます。夫のことをわかっていてくれて、かばってくれてありがとうございます。

でも、その言葉がその日の私の心に突き刺さり、涙が出た。

私が生涯の伴侶として選んだ夫、だけどその言葉に何も間違いはなく、そう言われても仕方がない。

それはすごくわかっている！　わかっているつもりだったが……、なかなかブログに書くことができなかった。


施設には、認知症だけでなく様々な障害のある方たちが一緒に暮らしている。

夫たち認知症患者が認知症のない方のお手伝いができるわけではない。車椅子を押してあげられるわけではない。孫ほどの若い男性に、排泄のお世話をお願いすることは、女性だもの！きっと、きっと本当は嫌でしょう。

だけど、そんな思いにも蓋をして、我慢とあきらめでこの施設に「いるしかない」。

認知症の人とそうでない人の共存……。

認知症のない入所者が一番の迷惑を受けているように思えて、そういう立場に生き甲斐が感じられるとも思えない。

国の方針は、認知症患者を施設から地域に戻す方向と聞いている。

「地域でみんなで見守ろう」と言うが、本当に共存なんて可能だろうか。

認知症の人はそうでない人を助けてあげられることはない。認知症の人がいて良かった！　助かった！ということが日々の生活で一つでもあるのだろうか。

「認知症介護に疲れ果て」……

そんなニュースが後を絶たない。家族に認知症患者がいるというのは、それほどのことだ。徹底したシステムを構築してから地域に戻さない限り、こういったことはこれからも起き続けると思う。見守っていた地域でそういう事件が起きた時、地域の皆さんに辛い思いをさせないだろうか。

国のレベルでできないことを、地域に押しつけてもうまくいくとは思えない。私は夫を地域に戻す考えはまったくないので、私の考えることではないかもしれないが、もし、もし今地域にそういう方がいて、地域で見守ろうと言われても、私はたぶんできないだろう。

昨日、孫の祖父母参観に行って来た。

四歳児、とっても元気で、先生本当に大変です。

子どもたちがたくさんの大人に愛されていると感じて育っていけるよう、今日はたくさん遊んで、たくさんギュッ！と抱きしめてほしいと先生が言われた。

認知症介護と同じようにとても大変そうだけれど、先生は子どもたちの未来に寄り添う職業なんだ。

ふと、そんなことを感じながら孫をたくさんギュッ！としてきた。

二〇一六・一一・二八　［古希］

七十歳といえば古希である。

今では長寿化で百歳前後まで生きられる時代だが、昔は人生七十年生きられるのは稀であるということから「古希」と言うそうだ。

「人生七十古来稀」

今日の誕生日に先駆け、一昨日スタッフ二人とともに家に帰ることができた。〝今年も〟帰ることができたことにとても感慨深いものがあった。去年も一昨年もスタッフ付き添いのもと、家に帰ってきた。

旧館から新館に転居して初めて迎える誕生日。ユニットごとにそれぞれの特色を構築していこうとしているはず。今までと同じことを望んではいけないと自分自身にずっと言い聞かせてきた。けれど旧館のスタッフから新館のスタッフに、全てのことにおいてきちんと申し送りができていて、今のスタッフもぜひにと言ってくれた。

いろいろなことがあるけれど、それはそれとして、

「さくらさんが望まれることは、きっと夫さんも望まれること」

その思いをきちんと伝え、受け入れ、最大限対応してくれるスタッフの皆さんに心から感謝である。

今年もまた去年と同じメニューの豚シャブと、去年と同じお店のバースデーケーキ。そしてそして大好きなビール！

夫の満面の笑みは何にも代え難い価値がある。

五時間半ほどの時間があっという間だった。

「夫さん、帰るよ」と言ってから、何かこの言葉違うよね……。帰る場所は本当はこの家なのにと思いました」

と施設に帰ってからスタッフに言われた。

いろいろあるけれど……、そんなふうに思ってくれる多くの人たちに恵まれてきた私たち、本当に幸せだ。

家での様子をリーダーに報告すると、

「いいね～。毎月帰してあげたいですね！　だって夫さんの家だもの！」と言ってくれた。

誕生日だけでなく、帰りたくなったらいつでも帰れる！

そんな希望が湧いてきて、一年に一度の「家に帰る」という私の中の目標が、複数回に！

そう思えてうれしかった。

結果として、できなくてもいい。だけど夢を目標に変えてくれたリーダーからの言葉だった。

目標が持てるってとても大切なこと。

その気持ちが本当にうれしくて、久しぶりにお風呂の中で泣いた。

二〇一六・一一・三〇　［誕生日プレゼント］

ユニットから夫に誕生日プレゼントをいただいた。

何か希望があれば……ということだったので、昨年いただいたペアのマグカップの夫の分がお引越し前に割れてしまったので、できれば夫のマグカップを、とお願いした。

施設全般に割れないプラスチックのものが多く使われている。

施設から提供される食事は全てプラスチックの食器になった。割れないものが良いかと、個人で持ち込みのお茶碗もお椀もマグカップも、全てプラスチック製品だ。安全面などいろいろなことを考えると施設だから仕方がない。

もちろん認知症のない方や、認知症であってもご自分で食事がきちんとできる方は陶器のお茶碗などを使っておられる方もいる。

夫はもう自分で食事はできない。落として割ることもない。ならばもう陶器でもいいかと思い、お願いしてみた。

「そうですよね、やっぱりプラスチックより陶器ですよね。温かみもあるし……」とスタッフが言ってくれた。

そうなんです。何か違うんですよ、プラスチックと陶器では……。

私の自己満足ということは重々承知している。だけど夫は七十歳の立派な大人だ。しかも立派な男性！　小学生の給食のような食器では何とも寂しくて。

そんなわけで、めでたく陶器のマグカップになった。今度はお茶碗を陶器にしてみようとたくらんでいるの。

夢がいっぱい膨らみます。

スタッフの皆様、夢を見させてくれて本当にありがとうございます。

二〇一六・一二・三〇　［師走］

久しぶりにパソコンを開いた。

仕事が一番忙しい時期だが、熱が下がらず休みを取って一週間ほど寝込んでいた。その後も発熱は続いたが、人間の体はその状況に置かれると何事にも慣れるようで、三週間目には体が辛いという感覚はなくなってきた。

一二月一日から三週間発熱していたが、原因は判明していて別に伝染する病気ではないので仕事にも復帰した。それに加え胃がんの疑いありということで、会社を休んでいる最中にその再検査も受け、がんではなく定期的に検査をしていけばいいでしょうと言われて、とりあえずほっとした。

その三週間の間にもいろいろなアクシデントが起き、電話をいただいて寝ていたベッドから飛び起き、施設に向かった。

よくよく見ると、夫の鼻が〝くの字〟に曲がっている。

腫れもあり内出血もしているが、よほどひどくない限り鼻の骨の骨折の治療は難しいそうで、ほとんどの場合、そのままにしておくそうだ。

病院に行くかどうかの相談を施設から受けた。今は、骨折しているかも……というグレーの状態。

そこをはっきりさせるために受診ということも考えられるが、どうしましょうかと聞かれた。受診は誰かのためではなく本人のためにするわけで、受診しても治療の方法がないのなら、よけいなストレスを与えることになるだけ。結局、受診せずそのままで過ごすことにした。

そうこうしていると、今度は「かぶせてあった歯が取れました」と連絡が。

かぶせてあった歯？

夫の歯はけっこう丈夫で、認知症になってからも大事にしてきた。かぶせてある歯って……と思い、施設に行き見せてもらうと、何と六〇万円もかけたインプラント上部の人口歯が外れ、歯茎に埋め込んだインプラントが見えている状態になっている。

インプラント治療は永久的なものだと勝手に思っていた。さて、この状況をどうするか。また難問が発生と嘆いていても仕方がない。

年内の歯医者の往診はもう終わったそうなので、歯科医院に連れて行き、何をされるか不安で抵抗する夫をなだめすかして、四人がかりで治療。

これからは治療は難しいので応急処置でしのいでいくことになりますと言われたが、そこは重々承知している。

二〇一七・一・三 【年の初めに】

今年はまた家族全員の写真を撮りたくて、施設に写真屋さんに来てもらった。たぶんそれなりに撮れたと思う……。それなりにありのままに……、実物以上にはならず……。

今年もたくさんのささやかな願いが叶いますように。

この歳になると目標も何もないが、家族全員が元気に過ごせますように……。

昨年は何だかとても忙しく過ごした。足が痛くても体調が悪くても、夫のところには普通に行った。決して無理をして行っているつもりはなく、私の中の生活の一部で自然なことだった。

仕事をして施設に行き、帰りに病院等々の用事をこなし、帰宅が夜一〇時頃になることもしばしばだった。

分担するはずの夫がいないので、親戚の冠婚葬祭や地域などなど、「家」としての何もかもが私一人の肩にのしかかって、知らず知らず疲れもたまってきたのかも知れないと、師走に寝込んでいる間に少し反省。

だからといって……、なかなか変えられない私のルーティーン。

元気にしている夫の顔を見てくるだけでも力になるのだ。

やっぱり今年も頑張る！

二〇一七・三・一【認知症とともに】

お正月に写真屋さんに撮ってもらった写真ができ上がってきた。施設の中でそれなりに素敵に撮れるベストな場所を、カメラ片手に検討して歩いた。ユニットの中にある昭和の香りを感じさせてくれる多目的な部屋を、今回の撮影場所に選んだ。準備万端で望んだ場所は、まるで写真館で撮ったような写真にでき上がった。

写真の中の夫は、認知症などということを忘れさせてくれるほど、背筋がピ～ンと伸び、キリッとした姿で写っていた。

「ご主人は写真を撮っていることをちゃんとわかっていらっしゃるんですね。だから背筋を伸ばしてカメラを見ていらっしゃる」と写真屋さんにも言われた。

せっかくなので、でき上がった写真を施設に持って行き、たくさんの人たちに見ていただいた。現場のスタッフ、以前お世話になったスタッフ入所しているおばあちゃまや、事務所の皆さんにも……。皆さんとても感動してくれた。

写真撮影の時、同じユニットに暮らすおばあちゃまの前に行き、「着物を着てみたのですが、どうでしょうか」と言って見てもらった。するとすっごく笑顔で、そして今度は涙を流して、私が着ている着物を触り、たどたどしい言葉で「きれい」と言ってくれた。

そのおばあちゃまにもでき上がった写真を見ていただいた。

とても素敵な笑顔で喜んでくれた。

施設の方たちからも、

「すごいです」

「写真の中の夫さん、どこにも認知症の影もないですね」

「ご主人がここまで来られたのは、奥さんが毎日面会に来られ夫さんに話しかけ、食事をともにし、散歩に行く……、それで夫さんの喜怒哀楽は保たれているのです」

「奥さんの力は、はかり知れません」

「すごいです」

そんなふうにお褒(ほ)めの言葉をいただいた。

いえいえ、いろいろな提案に前向きに取り込んでくれるこのホームにいることで保たれている夫の生活です。どれが欠けても成しえなかったと思っています、ありがたいことと感謝いっぱいです。

本当にすごいですよね。私もそう思います。

今に至ってもこんな写真が撮れることをとても幸せに感じています。

認知症とともに頑張って生きてきた。生きてこられた。

本当に幸せだ。

二〇一七・四・一二 【さくら】

ユニット主催のお花見があった。

天候不順が続いていたが、桜吹雪の舞う並木道はとてもきれいだった。

遠い日、よく二人で歩いた桜並木。

そんなことに思いを馳せながら、ふと見上げた桜の木に鳥肌が立った。

花はこんなに可憐なのに、何もかもはねのけ青い空に向かうその凛々(りり)しい姿に、しばらく見入った。

来年も必ず、必ずこの桜に会いに来よう。

夫とともに……。

そして未来へ……

夫が認知症になる数年前のある年、年賀状の葉書一面に薔薇の絵を描き、バラ色の人生ですと書いて送ったことがあります。

それを受け取った友人たちに、「結婚して何年も経つと夫の愚痴や子どもの心配などで不満いっぱいの人が多い中で、バラ色の人生と言い切れるなんてすごい」と感心されました。

その数年後に認知症の恐怖におびえる日々が待っていることなど、その時は微塵も思っていませんでした。

二十二年間の独身生活に終止符を打ち、夫と結婚して暮らした四十二年。そのうち二十五年間は「バラ色の人生」と心底思える幸せな人生でした。

その後、認知症に翻弄され、地獄の底を這うような生活が続き、生きることを全否定した時期もありました。それでも今日まで生きてくることができました。そこにはもちろんたくさんの方の協力や支援があってこそであり、そのことにとても感謝しています。その感謝はこれからも決して変わることはありません。

幸せな日々からどん底へ、そこからまた這い上がる時、私の中にある種の信念ができ上がっていたと思います。死を決意したその先は、もう何も怖いものはなくなっていました。

決してぶれない！　決してあきらめない！

意識してそうなったわけではないのですが、そうしなければ生きてこれなかったように思います。十七年という歳月はあまりにも長く、けれどとても充実していた年月でもありました。これからもこの時間を積み重ねて、夫と過ごす日々を悔いのないものにしたいと思っています。

地獄の底を這うように暮らしていた頃、夫を早く楽にしてあげたいと願っていました。それほどに辛そうな夫の姿でした。

特養に入所した時に相談員から、「一日でも長く生きていただけるように頑張ります」と言われましたが、長く生きることは苦しみを延ばすこと、一日でも長くなんて望まないと思いながら、どこか遠い感覚でその言葉を聞いていました。

「日にち薬」とはよく言ったもので、今は一日と言わず一秒でも長く生きていてほしいと願っています。それは、夫の苦しみが減ったようだと思えることが一番の理由ですが、裏を返せば夫の認知症が進行しているということにほかなりません。

私の顔がわからなくても、声を出せなくなっても、寝たきりになっても、それでも生きてほしいと思うこの頃です。

今、私の中で夫の体がこの世に存在する意味は、とてつもなく大きな力になっています。

この先にいつか訪れるかもしれない選択の時、「胃ろう」や「人工呼吸器」などの延命行為は望まない考えも今は揺らぎ始めています。それらはその時になったらじっくり……そんな余裕も時間もないかも知れませんが……考えようと思います。

それほどに、夫に生きていて私の力になってほしい、生きていてくれることで私の生きる力になってほしいと思っています。

人の気持ちや考え方、受け止め方は、時間の経過とともに変わっていくものだとつくづく感じています。「あの時」に夫とともに人生を終えていたら、今の気持ちを味わうこともできませんでした。それが夫が望んでいたことかどうかは、今でもそしてこれからもわかる術はありませんが、夫が病気にならなかったら、こんなに密度の濃い夫婦の時間は過ごせなかったでしょう。

こんなに人生を深く考えることはなかったでしょう。

地獄の底を這うような生活のその先の、たくさんの小さな幸せに気づくことはなかったでしょう。

私たちはとても「幸せ」なのかもしれません

あとがき

本を出版するに当たり風媒社の劉永昇編集長と打ち合わせの際、「どうしてご主人に対してここまでできるのか、本を読んでその答えがわかればと思います」と言ってくださいました。

その答えになるかどうかわかりませんが、私には決してブレない信念のようなものがあります。

夫が認知症になる前の私たち夫婦の生活の中で、夫は家族を、特に妻である私をとても大切にしてくれました。

それは、夫が心を砕いて無理にそうしてくれていたわけではないと思います。

夫は五人兄姉の末っ子で次男として生まれました。その環境は決して裕福ではなかったと思いますが、その中で家族や親戚や地域の方たちや同級生から愛されて育った夫は、相手が誰でも分け隔てなく愛せる人になったのだと思っています。

夫の幼少期を知りませんが、その次男の嫁として迎えられた私も大切にされてきましたので、きっと夫が皆から愛されていたと感じていました。

夫の愛情を受け、私は結婚一カ月前の結婚式ボイコットなどまったくなかったかのような幸せな人生が始まりました。

環境と生まれながらに持ち合わせた性格がベースにあり、やさしい人になり、家庭を持ち妻と子どもたちという何にも変えがたい守るべきものができ、責任感と愛情をさらに向上させて夫という人間が形成されたのではないかと思います。

そんな世界中で一番の夫が、「若年性認知症」と宣告された時、私は私自身の責任を強く感じました。

私が妻でなかったら、夫は若年性認知症などきっと発症しなかったのではないか。

私が妻でなかったら、夫は……ずっと自分を責めてきました。

責めても責めても、現実は何も変わりませんでしたが。

今はいろいろなことを乗り越え、認知症の夫と変わらぬ「普通の夫婦」として生きていく覚悟ができ、日々を淡々と過ごしています。

夫との生活が特別なものではなく、認知症患者と介護者というテーブルではなく、どの夫婦にもある日常を、特別養護老人ホームという場所のワンルームを借りて生活しているという形で私たち夫婦の生活が成り立っています。それが私の中の強い信念の核にもなっています。

面会票には記入しますが、夫のところへ行くのはいわゆる「面会」とは異なる感覚でいます。

絶望から立ち上がる時、相当なエネルギーが必要でした。そのエネルギーを自分の中に取り込めた瞬間、それは、普通に夫婦として生きていく!という強いエネルギーになりました。

そこには私の思っていた認知症の進行と夫の進行が違ったり、私の考える介護ではなかったり様々なことがありますが、介護をしてくださるホームに夫がいることで、私たちなりの夫婦の生活を構築することができました。

もう一つ、劉編集長に、この本は誰に向けて書きたいですか?と尋ねられました。

人は病気になるとき年令も性別も環境も選べません。認知症の場合は、ある日突然ではなく長い年月を経て発病という段階に来ます。その段階で何とかならなかったのか、なぜ治療薬が未だに開発されないのか等々、たくさんの怒りや悲しみを自問自答しながら、その現実を受け入れるために書き続けた私の心の記録として、読んでくださる方が何かを感じていただければと思います。

どんな病気でも、それを受け入れるには、とても辛く苦しい長い時間を生きていかなくてはいけません。

認知症、特に夫がかかった「若年性認知症」という病は、私の想像もしなかった生活をもたらしました。この本でその生活を全てわかっていただけるわけではありません。またこの本が同じ境遇の人の助けになるとも思えません。質問の答えは出ませんが、ただ言えることは、報道されることや社会での認知をはるかに超えた病との闘いがあることを知っていただきたい。

そうして、誰でもが平等に与えられている一人分の貴重な人生に、きちんと向き合って生きていこうと感じていただけたら、答えは読んでくださる方が出してくださると思っています。

［著者略歴］

池園さくら
1952年4月、桜の季節に愛知県に生まれる。
高校卒業後、公務員として勤務。1975年、6歳年上の
夫と結婚、一男一女を授かる。
夫の発症後、働きながら独力で介護を続け、施設に入
所した現在も、その生活を支え、夫婦として人生をと
もに歩むことの歓びを日々見つめている。

装画・カット◎松下由美子
装幀◎澤口　環

さくら日記　ワンダフルライフをめざして

2018年3月1日　第1刷発行　（定価はカバーに表示してあります）

著　者　　池園 さくら
発行者　　山口　章

発行所　名古屋市中区大須1-16-29
振替 00880-5-5616 電話 052-218-7808
http://www.fubaisha.com/
風媒社

＊印刷・製本／モリモト印刷
乱丁本・落丁本はお取り替えいたします。
ISBN978-4-8331-5346-1